资助基金项目：

◎江西省高校人文社会科学研究 2015 年度项目：美国华裔文学中孝文化之嬗变与重构研究，项目批准号：WGW1512，项目类别：青年项目。

◎ 2017 年江西省高等学校教学改革研究省级课题重点项目：大专医生英语听力 SPOC 教学策略研究，课题编号：JXJG-17-45-2。

◎ 2019 年江西医学高等专科学校校级课题一般项目：援非外科医生英法语日常交际能力的构建研究，课题编号：JYRW-2019-03。

◎ 2022 年江西省高等学校人文社会科学研究青年项目："婴儿潮"时代美国城乡文学关系研究，项目批准号：WGW22201，项目类别：青年项目。

文学翻译与大学英语教学研究

王家华　著

天津出版传媒集团

天津科学技术出版社

图书在版编目(CIP)数据

文学翻译与大学英语教学研究 / 王家华著. -- 天津:
天津科学技术出版社, 2022.11
ISBN 978-7-5742-0601-4

Ⅰ. ①文… Ⅱ. ①王… Ⅲ. ①文学翻译－研究②英语
－教学研究－高等学校 Ⅳ. ①I046②H319.3

中国版本图书馆CIP数据核字(2022)第195971号

文学翻译与大学英语教学研究
WENXUE FANYI YU DAXUE YINGYU JIAOXUE YANJIU

责任编辑：马　悦
责任印制：兰　毅
出　　版：天津出版传媒集团
　　　　　天津科学技术出版社
地　　址：天津市西康路35号
邮　　编：300051
电　　话：（022）23332490
网　　址：www.tjkjcbs.com.cn
发　　行：新华书店经销
印　　刷：定州启航印刷有限公司

开本 710×1000　1/16　印张 8.75　字数 150 000
2023年1月第1版第1次印刷
定价：58.00元

前　言

我国文学翻译的发展随着世界跨文化语言传播日益繁荣兴盛的进程而不断地加快。现阶段，文学翻译与我国的大学教学相结合，产生了新的文学翻译教学的思想火花。

我国的文学翻译理论起步早，而双语轨道则较晚，早期的文学翻译内容主要是佛经。英语文学翻译理论是从清朝的洋务运动以后开始日渐兴盛的。此后，英语文学翻译在我国成为大学英语专业之一，并且随着时代跨文化交流的不断发展，其影响力逐渐得以扩大，为中国的跨文化传播提供了强大的动力。

本书重点阐述了文学翻译的基本理论与大学英语文学翻译的发展，其创新之处在于，用基本英语句式的文学翻译来拓展文学翻译理论，坚持从实际出发，落实到句子中，尤其是长、难句翻译。

在文学翻译教育的发展模式上，笔者也提出了自己的见解，采用三阶段教学模式，以更好地帮助大学生在课堂上进行沉浸式学习。

如有不足之处，还请各位不吝赐教。

目　录

第一章　文学翻译概述

文学翻译是指在两种语言符号之间进行转化的过程。文学翻译与文学接受者之间是一种相互影响的关系。文学翻译中，首先要理解的便是翻译。相对而言，文学接受者对文学翻译的影响更为明显。而文学翻译的方法一般有两种：归化翻译和异化翻译。异化法要求译者向作者靠拢，译者采取作者所采用的原语言表达方式来传达原文的内容；而归化法是要求译者向目的语读者靠拢，采取目的语读者所习惯的目的语表达方式来传达原文的内容。所以鉴于两种翻译方法的侧重点有所不同，两种译法各有特点和优点，至于哪种更好则没有固定的标准。

第一节　翻译概述

翻译是在准确（信）、通顺（达）、优美（雅）的基础上，把一种语言信息转变成另一种语言信息的行为。翻译是将一种相对陌生的表达方式，转换成相对熟悉的表达方式的过程。

其过程大致上是发出者（作者）—文本（文本意义）—接收者（意图意义）—接受者（解释意义）。翻译着重强调从文本到解释者的过程。从文本的内容到接收的过程，属于按照字面内容进行理解，而接收者到解释者的过程便是检验翻译的水平如何。因为文本不仅仅有文本内容，还有相应地跟随国家文化相互转化意义的过程，这个过程实际上也是在检验翻译人员的水平。

这样的双语化过程大致便是翻译。

一、翻译的概念

翻译一般是有口译、笔译与法律用语等，本文主要列举前三项：

口译（interpretation）或进行口译的人（interpreter）（口译又称：口语翻译），一种职业。

笔译（translation）或进行笔译的人（translator）。

正是因为翻译有多种多样的形式，所以在进行翻译的时候要格外注意翻译形式的选择，这和所需要翻译的文本对应。不同的文本对应不同的翻译，通过对文本体裁的了解，翻译人员选择适合的翻译方式进行翻译。

对口译来说，重要的是翻译出来的语言意义要真实地还原发出者的意义，另外要注意，口译要分场合。

在非正式场合，翻译要能够保证有利于场合的交流，应采用普通用语；但是对于正式场合来说，翻译语言要采用官方正式语言。

在互联网上，最常用于翻译的网络平台有百度翻译、谷歌翻译、金山词霸与有道词典等。

二、翻译的形式与分类

（一）翻译的形式

翻译的形式其实就是翻译的过程。从符号学的角度来说，最重要的是在文本（文字或者语言）生成后，接收者对文本的解读要尽可能地符合发出者的原本意义。因为当文本传输过来以后，接受者有自己的解释意义，文本在发出者传达完毕后，便形成了自己的文本意义。这样来看，似乎翻译以后的文本与接收者观看的文本相比，会产生不同于发出者发出的文本的意义和内容。所以，为了能够减少这样的文本意义，翻译人员所要做的是减少文本传送过程之中的“噪音”，我们可以理解为减少对文本的误解。

想要做到这点，对于一个好的翻译来说，要能够对文本保持忠实，也就是要对文本进行忠诚的翻译。（除非是在特殊情况下，演说者并不打算像一个本语言使用者那样说话，例如在戏剧中）。①

翻译有口译、笔译、机器翻译、同声传译、影视译配、网站汉化、

① 张文龙. 跨文化视角下的高校文学翻译教学探索——评《文学翻译多维研究》[J]. 中国高校科技 ,2022,(7):108.

图书翻译等形式。随着IT技术、通信技术的发展和成熟，又诞生了真人服务的“电话翻译”，所以翻译的形式越来越多，服务也越来越便捷。从翻译的物质形态来说，它表现为各类符号系统的选择组合，具体可分为四类：

（1）有声语言符号，是指关于声音表达系统的符号传达。

（2）无声语言符号，包括文字符号和图像符号，无声语言系统会在翻译的过程产生文本意义，文本不仅有文本内容，还有伴随文本，就像是一本书，不但有主要内容，而且有附录，作者名字等，这些伴随文本也会影响接受者的解读。因此对于无声语言符号来说，翻译者不但要忠实于作者，而且要注意伴随文本的使用。

（3）有声非语言符号，即传播过程中所谓的有声而不分音节的“类语言”符号，这便是语言的伴随文本。同一句话，用不同的情绪表达出来，那么它所表示的意义是不一样的。例如，“good”这个词，在不同的情绪表达下会有不同的意义。

（4）无声非语言符号，即各种人体语言符号，表义过程侧重于发送者的时候，符号文本就会表现出来比较强烈的“情绪性”，利用人体来表达这样的符号过程。当然这样的人体语言符号表达与人所处的社会的文化秩序相关。

因为人体语言符号也会被认为是社会文化语序后面的一部分。可以试想这样的一个场景，当一名东方人见面打招呼的时候，他会选择弯腰鞠躬，而此时一名家在大洋彼岸的外国人却伸出了手。

（二）翻译的分类

翻译的分类一般有人工翻译与机器翻译，上文中的网络平台翻译一般是机器翻译，而大家较为常见的外交部发言人的发言，一般是人工翻译。下面简单介绍一下人工翻译与机器翻译。

1. 人工翻译

人工翻译所涉及的领域繁多，这需要译者同时具备并精通翻译语言以及相应的知识背景，要求译员培养良好的思维习惯。

翻译者在整个翻译过程中都应该本着专业优于语言的思路进行翻译，即语言的表述要符合相关的专业背景。

这也意味着，译者不需要在翻译中进行过多的诠释，要以客户的需求为第一着力点，而机器翻译并不能做到以客户需求优先。

2. 机器翻译

1947 年，美国数学家、工程师沃伦·韦弗与英国物理学家、工程师安德鲁·布思提出了以机器进行翻译（简称“机译”）的设想，机译从此登上历史舞台，并走过了一条曲折而漫长的发展道路。此后的 75 年来，机译成了国际学界、商界甚至军界共同角逐的必争之地。机译是涉及语言学、数学、计算机科学和人工智能等多种学科技术的综合性课题，被列为 21 世纪世界十大科技难题。与此同时，机译技术也拥有巨大的应用需求。

三、翻译的发展历史

笔者在这里将翻译的历史分为西方的翻译历史和中国的翻译历史。

（一）西方翻译历史

现代欧洲国家有悠久的翻译实践的历史。有些学者甚至认为，欧洲文明发源于翻译，从罗马帝国时代到现在，欧洲国家进行国际贸易的主要手段之一就是翻译。

欧洲的翻译活动可以追溯到翻译《圣经》时期，有的学者认为，正是因为翻译《圣经》的活动，许多欧洲国家奠定了本国的语言基础。可以说《圣经》的翻译活动让诸多欧洲国家在翻译的过程之中，逐渐形成了自身的语言文化语境，建立起语言文化秩序，进而形成了本国的文化基调。

在古希腊、拉丁文学时期，翻译活动更是风靡一时，从荷马史诗再到希腊悲剧、喜剧与抒情诗等，这些作品在欧洲各地广受欢迎，不断被翻译成一国又一国的语言。

在西亚文学方面，阿拉伯的复兴得益于百年翻译运动。中世纪阿拉伯开展了对古希腊和东方文学典籍的大规模、有组织的学术活动。《一千零一夜》传入欧洲，日本、中国、印度等国的著名文学作品也在之后的时间被翻译成了欧洲语言，并且引起了欧洲社会的轰动。

西方的翻译派别大致分为两大派：一派是翻译可能论，另一派是翻译不可能论。

翻译一篇作品或者一段讲话，必然涉及两种语言：一种是原来的作品或者讲话的语言，德国学者称之为 Ausgangssprache（源头语言），英美学者称之为 Original 或 Source language；一种是译成的语言，德国学者称之为 Zielsprache（目的语言），英美学者称之为 Target language。二者之间总会或多或少地存在着差距。因为，从严格的语言学原则来讲，绝对的同义词是根本不存在的。一个翻译者，不管其翻译水平多么高，也只能尽可能地接近源头语言进行翻译，不可能把原意和神韵完全传达过来。翻译者的任务就是处理两种语言之间的关系。

（二）中国翻译历史

1. 中国翻译起源

中国的翻译理论和实践在世界上有显著的地位。《诗经》中就讲究翻译的“信、达、雅”，《礼记》已有关于翻译的记载。《周礼》中的“象胥”就是指翻译人员。《礼记·王制》提到“五方之民，言语不通”，为了“达其志，通其欲”，各方都有专人，而“北方曰译”。后来，佛经译者在“译”字前加“翻”，成为“翻译”一词，一直流传到今天。

2. 中国翻译历史

最著名的是宗教文献翻译。佛经翻译需要译者在翻译经书的时候，在文中进行说明和标注，这样会让经书更加贴近中国文化。

玄奘是翻译佛经的代表人物。印度学者柏乐天认为玄奘的译作是中印两国人民的伟大遗产，指出：“玄奘是有史以来翻译家中的第一人”。

唐朝至北宋初期，翻译活动仍然较为盛行，之后便式微了。明代末年，西兴东渐，翻译活动再次活跃起来。但是此时的翻译方向不仅仅是印度佛经，还有欧洲的自然科学书籍。中国翻译再次上了一个台阶，达到一个新的阶段。

3. 中国翻译兴起

到了鸦片战争时期，西方列强利用坚船利炮叩开了中国闭关锁国后封闭的大门，中国的有识之士开始睁眼看世界。以洋务派为首的中国知识分子，不断地学习西方各种各样的书籍。这就让中国的翻译进入一个新的阶段。

“五四运动”以后，中国历史进入了现代，翻译的重要性远迈前古。中国新文学的兴起同翻译是分不开的。第一个重视翻译并大力倡导的人是鲁迅。鲁迅主张直译。他这样做的目的是：在介绍外国思想以供借鉴的同时，还要通过译文改造我们的语言。1931 年 12 月 28 日，他给瞿秋白的信中谈到严复。他说：“他的翻译，实在是汉唐译经历史的缩图。中国之译佛经，汉末质直，他没有取法。六朝真是‘达’而“雅”了，他的《天演论》的模范就在此。唐则以‘信’为主，粗粗一看，简直是不能懂的，这就仿佛他后来的译书。”鲁迅不主张译文完全中国化。不完全中国化的译本“不但在输入新的内容，也在输入新的表现法”。他认为中国语法不够精密。这语法的不精密就在证明思路的不精密，换言之，这就是脑筋有些糊涂。

第二节　文学基本概念

关于文学的基本概念，中外文学家对其都有过定义，本节将结合中国的文学史对文学进行阐述。

一、“文学”

欲谈“文学”，需先说“文”。

（一）文

文，在先秦历史之中并没有一个确切的含义。在中国先秦两汉时期，或者称为文采错杂，或者称为纹路，或者称为文章或诗歌。

秦汉以后，关于“文”的概念发生了变化。南北朝时期，“文”常常会被称之为韵文。在《文心雕龙·总术》里面有这样一句话：“今之常言，有文有笔。以为无韵者笔也，有韵者文也。”

也就是说，此时的文，与现代意义的散文相差不大，杜甫也有一首诗，该诗说：“何时一樽酒，重与细论文”。此时的文，不仅指文章，还包含诗歌。

我们了解完“文”以后，再谈一谈关于先秦、两汉时期人们对于文学的认识。

（二）文学

文学，在先秦时期有着非常广泛的含义，可以称其为文章博学，也可以称其为儒家学说，也可以说它是文章经籍。

（1）《论语》里，“文学”是指文章博学，也就是孔门四科之一。

（2）《韩非子》里，“文学”则是指向儒家学说。

（3）《吕氏春秋》里，“文学”是指向文章经籍。

我们从以上三个对于文学的解释中可以看出，在不同的先秦书籍之中，文学所指向的意义是不一样的。笔者更倾向于《吕氏春秋》所言，通过文章、经籍引申，凡是有学问的人，有文采的人，也可以被称为“文学”。

近代意义上的文学，是指依靠语言塑造形象来反映现实的艺术。近代对于文学的概念，便是从《吕氏春秋》关于“文学”的定义引申而出。

从先秦时期“文学”的定义中（尤其是《吕氏春秋》之中），我们可以得知“文学”不仅包括传统文本艺术，也包含“文学家”。

魏晋南北朝时期是中国文学的自觉时期。这样的自觉表现在对于文学家与文学作品有了自觉的判断意识，这是几个时代的文学人不断探索的结果。

在魏晋南北朝时期的《文选》（中国现存的第一部文学总集）中，其中的作家都可以被称为文学家，据相关学者统计，总计有一百三十人。

《文心雕龙》为中国古代最为系统的文学理论著作，收集了总共有二百一十一人的作品。

古代学者为了让魏晋南北朝时期之前出现的文体都能有所归属，对于文的概念是相当广泛的。曹丕的《典论•论文》将“文”分为四科八体；陆机的《文赋》将“文”分为十体；萧统的《文选》将“文”分为三十七体等。古代学者对其的一系列划分使自秦汉时期以来的辞赋等都可以被划定成为文学的范围。

以上例证可以说明，文学的大宗便是广义的“文”。

二、文学史

文学史的双重属性是文学与历史。它既是一段文学叙述，也是一段历史讲述，所以对于文学史的研究是具有双重性的。

（一）文学史的文学属性

研究人员想要做好对文学史的研究，要达到以下三个条件。

第一，要具备文学艺术感受能力。

第二，要养成历史积累的习惯，在历史的书海之中畅游，并且乐此不疲。

第三，要有一定的理论素养。

不仅要对文学有感觉，研究者可以从喜爱的观点对文学史满怀兴趣，还应该将其所感知的事物用理性的语言表现出来。

研究人员不一定要扎头去学文学史，一味地埋头苦读。恰恰相反，研究人员要能够有作为支撑的文学理念，这种理念便是基本的文学素养。

回顾整个文学史的学术研究历程，我们可以发现，贡献最大的，或者说推动整个时代学术潮流发展变化的学者，是那些能够从旧的学术观点之中杀出重围，在接受现代文明的同时，对于古老文明仍然怀有崇高敬意的学者，这样的学者才可以在古今之间、中西之间，提升自己的文学史素养。

（二）文学史的历史属性

文学实质上是社会生活的反映。

众所周知，社会生活是复杂、多变的，相应的文学内容也就更加丰富。文学史其实是文学家们的产物，文学家从自己的思想角度出发，对已经产生的文学历史做出自己的取舍。

我们可以这样说，目前的文学史有大部分反映的是精英阶层的文学创作情况。从现实角度来看，历史上的任何一个社会其实是由各个阶层所组成。

何为“阶层”，阶层是社会所赋予每一个人的不同的社会地位。所以，不同阶层的人的精神需求不同，从而产生不同的文学需求，也会产生不同的文学形态。

其实，关于文学史的研究已经涉及社会学学科的领域，这就要求能够研究一个社会的结构化变化。所谓的社会结构化变化是各种社会角色与社会地位之间的比例变化。

这些人的不同的社会角色与相应角色的社会定位形成一个社会变化的互动关系形态，这会产生各种各样的社会价值观。

从宏观上来说，社会结构关系变化对整个社会的影响极大，其中包括人口结构、城乡结构、区域结构、阶级阶层结构等的变化。这些变化影响了各个社会历史。

而社会阶层在结构上如果有重大改变，那么相应地便会反映到文学上。所以研究文学史就一定要能够研究文学所对应的社会结构变化。

理想的文学史能够反映出各个阶级的生活。比如，从秦朝灭亡以后，中国文化的思想就经历了一场深刻的文化变革。

儒学日渐衰微，道教不断兴起，佛教的传入，导致在唐朝及其以后的时间里形成了三种文化的冲突与碰撞。

第一，佛教与中原文化的冲突与碰撞。

第二，传统文化与逐渐兴起的道教的冲突与碰撞。

第三，官方文化与民间文化的冲突与碰撞。

正是这三种文化的冲突与碰撞导致秦朝之后，尤其是汉朝时期的文学发展与文学风貌呈现出与之前朝代不一样的文学风格。在东汉时期，据相关学者研究，最明显的一个特点便是平民化与世俗化。

曹植的相关作品，例如《令禽恶鸟论》《鹞雀赋》等，在其内容上都体现出下层百姓的社会生活。在江苏连云港市一座汉墓里面出土了一篇《神乌赋》，其中讲述的是关于一对公乌与母乌的对话，其语的文体形式与传统儒学相似。

可见，用动物来表达人的感情是汉代下层文学的一个特点。

这样的创作特色，如果同当时汉朝社会联系起来的话，与曹氏家族的特殊背景密切相关。

曹氏家族起自百姓阶层。所以曹氏家族的人成为皇帝后，选妃子、立皇后的时候，喜欢选择那些起于“幽贱”的妃子。这就反映出曹氏家族的生活方式、处事态度乃至人生追求与东汉末年的豪门望族相比有很大的不同。

曹植的亲生母亲卞氏出身寒门。卞氏母亲的职业在当时被称为“倡家”，也就是那些专门依靠歌舞美色来挣钱的卖唱者。尽管曹植在幼年时候得到了曹操的宠爱，曾度过一段鲜衣怒马的贵族子孙的少年时光。但是，曹植依然会受到下层文学的强烈影响。

钟嵘的《诗品》里面评价曹植是“骨气奇高，词采华茂。情兼雅怨，体被文质”。“情兼雅怨，体被文质”便是在说曹植的诗歌里面有俗的，也有雅的东西。雅，在古代便是上层阶级的特征；怨，便是下层百姓生活的特征。

《文心雕龙》里面也说建安文学“风衰俗怨”。如果学者在进行文学史研究的时候脱离了当时整个社会世俗化的风气，那么他们就很难理解曹植当时的怪异举止。

对于文学史中有关建安文学的描述，之所以让人感动，一部分学者会有如此解释：一是它描述了时代的离别战乱；二是它展示了知识分子渴望建功立业的情怀。

实际上，中国的历史中统一的时间较短，多数时间段都是处在战乱之中，那么为什么建安文学中对战乱的描写会令人深受感动。还有一点，中国古代的知识分子，大多数都是受到了儒学思想的熏陶，治国平天下可以说是很多知识分子的诉求。

另外，文学事业实际上也是立言的事业。因此，以上两点远远不能够解释建安文学为什么会获得这么大的成就。建安文学令人感动的真实原因是这个时代的作家会采用老百姓喜闻乐见的文学形式反映社会底层的心声。也就是说，精英阶层与下层民众在文学上实现了高度的默契。

底层、民间这些词语只是一个比喻的说法，用于形容下层民众阶层。实际上，真实的历史要远远比这些复杂很多。

比如，新文化运动主要是由当时的一些社会文化精英所引领的。现在的我们通过纵观整个历史过程来了解新文化运动，会发现它是一个相当具有革命意义的运动。

但是，如果新文化运动的影响确实很大，那么钱玄同与刘华农为什么要去演双簧戏呢。在新文化运动过去的十年后，百姓们喜爱的读物仍然是鸳鸯蝴蝶派的小说，并且关注的还是当时的张恨水等作家。

鲁迅日记里面也曾多次提及，母亲找别人借张恨水的小说来读。由此可见，即便是中国文化革命的“刺刀”的母亲也是不喜欢读那些在当时的社会文化精英的作品，鲁迅母亲感兴趣的仍然是令最广大的百姓阶层喜闻乐见的小说读物。

20 世纪前期的左联文艺，20 世纪后期的“底层写作”，都在深刻地描写当时社会结构的变化。

此外，新文化运动也有其相对对立的一面。当时与新文化运动对立的很多人都相当有学问。在清朝末期，无论是诗歌还是散文，他们在中国文学史上有着相当重要的贡献。

这就需要研究者走进历史，解构作家的生存环境，了解一个时代的真实社会状况。一个人的生存状态、社会的经济结构等都会直接影响一个作家的思想感情。

正如恩格斯在马克思的墓前提到，正如达尔文发现人类进化规律一样，马克思最伟大的发现是人要去从事一切活动，这些活动最基础的保障便是吃、喝、住、行。

马克思最大的贡献在于从人类的经济活动中探讨人类社会的上层建筑。我们都知道，经济基础决定上层建筑，所以也要将这些贯彻到对文学的历史研究之中，贯彻到对中国的文学史之中。

第三节　文学翻译概述

文学翻译是指将一种语言的文学类作品翻译成另一种语言的行为。文学翻译与文学接受者之间是一种相互影响的关系。相对而言，文学接受者对文学翻译的影响更为明显。

一、文学翻译要求

文学作品是用语言创造出来的艺术，文学翻译是用另一种语言工具把原作的艺术意境传达出来，使读者在读译文的时候能够像品读原著一样从中受到启发，获得美的感受。翻译自然不应是单纯技术性的语言外形变异，而是要求译者通过原作的语言外形，深切体会原作者的艺术创造的过程，进而在自己的思想、情感、生活体验中找到关于原作内容的最适合的印证。同时译者还必须运用适合原作风格的文学语言，把原作的内容与形式准确地再现出来。

文学作品往往都会传达一些特殊的意思，通过不同的文字带来很不一样的效果。如果译者在翻译的时候只是平铺直译，那么这很影响最后表达出来的意思，甚至会对作者的理解不是特别到位。因此，译者要能够理解文学作品本身所要传达的意思。

一般翻译出来的作品应该与原作存在之间应该拥有一定的规律性和

倾向性的关系，所以在进行内容比较分析的时候，也就可以带来更高的一致性。这就需要对原来的作品进行更细致的了解，从而达到更好的翻译效果。

无论进行怎样的文学作品翻译，相关翻译人员都必须遵循客观的原则。如果译者主观意识比较强，那么就很容易影响最后的翻译效果，所以译者在这其中必须要有合理的表现才行。一般站在客观的角度进行翻译之后，译者都能够让最后的翻译结果呈现出更加准确的特点。总的来说，译者进行文学翻译的时候，的确要注意很多的问题，而且也必须有足够强大的知识底蕴才行。

无论是英语专业还是翻译专业的学者，应该都是从精读（intensive reading）开始学。精读的选文中有各种各样的文学体裁，这些文本的学习能够增强我们对于英文语篇的理解，训练英语学习者所需的一些非常基础的能力，如对长难句的语法结构分析等。

通过对文学体裁的学习和翻译，我们可以积累一些对英语语言特点、翻译技巧等的感性理解，这可以为之后系统地学习翻译理论打下非常坚实的基础，从而更容易将自己的感性理解升高到理性理解的高度。例如，我们会发现，英语中长句特别多，而汉语则更偏向于短句，甚至是流水句；英语存在大量无灵主语句、被动句。相比之下，汉语更习惯使用主动态、有灵主语，甚至是无主句。

总而言之，从文学体裁开始是为了通过一种我们相对熟悉的体裁来增强我们的英语综合能力，这样我们才有能力处理其他体裁的文本。

我们还要适当地去学习一些汉语课程。在拥有足够扎实的语法成分分析基础后，即使以后翻译的材料是我们完全不熟悉的学科，我们也能通过语法成分分析的方法来处理。古代汉语对于汉语的综合能力提升有很大的帮助；汉语修辞学一般要对比英语修辞学来学习。在实际翻译，尤其是文学翻译中，我们经常需要考虑修辞手法的保留与转换，掌握一些基础的汉语写作技巧，例如那辗、立骨、意识流等，对我们的汉语表达也会有很大的帮助。

二、文学翻译的重要性

与翻译文学的重要性日渐提高的事实相比，人们对文学翻译的重视度却一直没有。文学翻译工作被视为一项任何人都可以为之的技术性工作，译者只要文通字顺地按字面意思转译完成即可，却忽视了字里行间蕴含的精神旨归。这种技术性的翻译工作，其辛苦程度与重要程度，远超原创性的文学创作。

文学翻译比翻译更要高一个境界。翻译，就是尽可能地传达原作者所要表达的意思。而文学翻译，除了传达内容之外，还要把原著里的所包含的情绪、氛围和意境也有效地传达出来，以此使读者通过阅读译文、欣赏文章的方式，得到与读者读原文时相同的信息和感受，理解其风格。文学翻译是一门清苦而寂寞的工作，只有真正喜欢的人才能耐得住寂寞，塌下心来细细揣摩，并从中得到乐趣。

一个并不爱好文字的人很难充分体会和传达文学作品的精妙。但是无论什么样的翻译方式都离不开“信”，这里的“信”，不仅指是文字的忠实，而且是情绪、情境、风格、技艺等诸多方面的忠实，同时也要贴合读者所在国家的阅读文化。

当然，有的原作文字水平很高，译者能用通俗直白的语言组织出很有力度的字句，翻译后因译者水平差异导致的效果相差不大。而那些比较拗口、写得深的或者其本民族文化和译者差异大的，以及涉猎广的原作就很考验译者的水平了。翻译工作不是外语学好了或者手捧字典就可以干的。因为把外语中的一些俗语、押韵等转换成本国语需要一定的水平。读者看多了外国文学（译文本），译者翻译得好不好，其实读者心里是有数的。

三、文学翻译方法

文学翻译的翻译方法不外乎两种：异化翻译和归化翻译。异化翻译要求译者向作者靠拢，译者采取作者所使用的原语表达方式来传达原文的内容；而归化翻译要求译者向目的语读者靠拢，译者采取目的语读者所习惯的目的语表达方式来传达原文的内容。根据这两种翻译方法，译者可采用以下方法提升自己的翻译水平。

（1）多阅读不同领域、主题的书籍。

（2）不断练习自己的翻译技巧和写作技巧。

（3）翻译前要做大量的准备与调查工作。

（4）精通书籍语言与目标语言的调整与适配。

（5）根据目标语言来适时进行语言替换。

（6）结合语义，要学会对语言进行增补。

（7）结合语义，要学会对语言进行压缩精简。

（8）不失原文含义的情况下，要懂得翻译变通与创译。

四、实例操作

There are no words for the horror: the story of my madness.

译：没有任何词语能够表达我的恐惧：我的疯狂故事。

It's disturbing, at almost 60 years of age, to be diagnosed with an illness that you've suffered from your whole life without it ever being named.

解：本句用了一个强调句。形式语 it 放在句首，指向"you've suffered from your whole life without it ever being named."意思是你的一生都要遭受没有被命名的疾病。

at almost 60 years of age 是介词短语插入语，用来形容 disturbing，该单词是形容词，用来表述令人不安的，烦扰的，引起烦恼的。主句是 It's disturbing to be diagnosed with an illness。意思为：被确诊为这种疾病是令人恐惧的。

译：在将近六十岁的时候，你被诊断出来患有一种一生都要遭受的没有被命名的疾病。

Your first reaction is to protest.

本句可以直接对其进行翻译：你的第一反应是抗拒。

I protested, insisting that bipolar disorder is one of those notions that are all of a sudden in vogue and get pinned on anything and everything.

解：主语 I，动词 protested，insisting that...，其中 insisting 作为动词的现在分词，表示主动，作为非谓语结构作宾语。宾语从句里面还有一个词 that，是 one of those notions 的同位语，之后有一个 and 的并列句，需要考虑与谁并列，很明显，是与“bipolar disorder is...”并列。

译：我抗议，坚持双相情感障碍是突然流行起来的其中一个概念，能够附着在任何事物上面。

Then you read what you can on the subject, you re-examine your whole life from that angle, and you realise that the shoe fits.

解：本句是一个并列句。第一句话中，what 用来作宾语。需要重点关注的是 the shoe fits，不能翻译成“这鞋子合脚”，应该翻译成“意识是正确的”，这里用了比喻的手法。

译：然后你读了关于这个主题的文章，你按照那个角度重新审视了你的整个生活，意识到这是正确的意识。

Perfectly, even.

解：先看下面的句子，并为这句短语找到归属语。

That all your life you've been subject to this alternation of excitement and depression that is of course all of our lot — because all our moods change, we all have highs and lows, clear skies and dark clouds.

解：从 That all your life 到 that 之前都是主语，主句的结构是主系表，of 的介词短语从句作为表语。because 之后的句子是原因状语从句，用来解释前面的句子。

译：你的社会生活都是处于兴奋与沮丧的交替之中，这当然是我们所有人都要去经历的——因为我们的情绪变化。我们都会有情绪的起伏，就像是晴朗的天空与乌云一样。

Only that there's a group of people to which you belong, along with, it seems, 2% of the population, for whom the highs are higher and the lows lower than average, to the point that their succession becomes pathological.

解: pathological 的意思是“病态的”。to which you belong 的正常语序为 which you belong to，along with 是一个词组，其意思是同……一

起；除……以外；随着；沿着。 it seems 是插入语。to the point that 翻译成“以至于”。

译：你属于这样的一小群人：这部分群体属于人口的 2%。他们的情绪高潮与情绪低谷的波动幅度都比平均水平要大。以至于他们一直是病态的。

However, where the description doesn't fit at first glance has to do with the so-called "manic" phase of what until the 90s was called manic depressive psychosis.

解：where the description doesn't fit at first glance 是从句作主语，也就是主语从句。has 是谓语，to do with the so-called "manic" phase 是不定式作宾语。what until the 90s was called manic depressive psychosis 作定语来修饰 the so-called "manic" phase。

译：然而，此描述乍一看并不符合 90 年代被称作狂躁抑郁情绪的狂躁症。

The manic state is when people strip naked on the street, or suddenly buy three Ferraris, or feverishly explain to anyone who wants to hear it that what they've got to do is eat guavas, lots and lots of guavas, to save humanity from a third world war.

解：The manic state 是主语，is 是系动词，后面是表语从句。that 后面是用来解释 it 的从句。同位语从句是解释，定语从句是修饰，所以该处应该是同位语从句。

译：这种躁动的表现是人们在街上脱衣服，或者突然买了三辆法拉利，或者是狂热地向任何愿意听他们说话的人表示他们要去做的是吃番石榴，很多番石榴已（用上）拯救人们免于（遭受）第三次世界大战（之苦）。

I knew a young guy who did things like that and who, once the crisis had passed, was appalled by what he'd done.

解：I knew a young guy 是主语。who did things like that 是定语，用于修饰“这个男孩”。once the crisis had passed 是条件状语。

译：我认识一个年轻的男孩，他也做了相似的事情，并且即便这个危机已经过去，他对自己的所做的所有事情感到震惊。

He killed himself, as it seems up to 20% of people with bipolar disorder do.

解：with bipolar disorder do 是 20% of people 的定语。

译：他杀了他自己，似乎高达 20% 的双相情感障碍患者自杀了。

I felt sorry for this brilliant, desperate young guy, and never thought I suffered from the same disorder as he did.

解：sorry 在这里翻译成“惋惜”，不应是抱歉。因为动词用的是过去时，所以这句话采用是过去时态。

译：我那时为这个聪明又绝望的年轻人感到惋惜，从来没有想到过我会和他一样遭受同样的痛苦。

I was depressive, yes.

译：是的，我已经绝望了。

In addition to what can be called empty periods, I've been through two phases of real, severe depression, the sort that lasts for several months.

解：what can be called empty periods 是状语。后面的句子是一个并列句，two phases of real, severe depression, the sort that lasts for several months，它们的动词，也就是动作的发出者都是文章的作者。

译：另外被称作无意义的时期。我还经历了两个真正的、严重的抑郁症阶段，这种症状持续了几个月。

And during which you hardly ever get up, you can no longer accomplish the most basic tasks, and above all you can no longer imagine that things will change.

解：during which you hardly ever get up 作状语。后面依然是一个并列句，在这里需要注意的是 above，它的用法是两种情况类比。

译：在你很难重新振作的这段时间里面，你无法完成基本的任务，你似乎也不再想象这种情况是可以被改变的。

这是《卫报》里面描写“双相情感障碍”的一篇文章的节选段落。通过对这篇文章的实际分析，我们在对文学翻译进行初步认识以后，可以翻译报纸、杂志等文章、文本。

但是如果想要进一步进行小说、诗歌等文学文本的翻译，我们需要借助下面的第二章里面的翻译文化理论。因为针对不同的文本体裁，翻译的形式，翻译的内容也会不断地发生改变。鉴于这种情况，笔者认为不能只是粗浅地掌握相关的文学翻译的方法，更重要的是能够去不停地练和写，这样才能够提高水平和文学翻译的能力。

文学翻译概念告诉大家文学是什么，文学翻译方法则告诉大家要怎么做，所以文学翻译工作者不能仅仅依靠方法，更加深入的文学翻译是一个复杂化的过程，涉及语言学、文化学、跨文化认知等，这些都要求文学翻译工作者进行不断的积累。

文学翻译者的思想应该像大海一样宽阔，这样才能在今后的文学翻译中从容地应对各种各样的文学翻译文本。文学翻译者要做到心中有底气，笔下显灵韵。

其实对于大部分文学翻译工作者来说，文学翻译实际上是一个享受的过程，是一个享受跨语言文本对话的过程。当然，毋庸置疑的一点是，这个过程必然是艰难的。对于文学翻译者来说，这个过程也是享受的过程。

有些人认为只要他们掌握了这两种语言（源头语和目的语），他们就会翻译，但事实并非如此。事实上，翻译是一门科学，文学翻译是一种文学的再创造。文学翻译家应该同时具有作家的文学激情和感受。事实上，许多伟大的作家一开始都是优秀的翻译家。

怎样才能算是合格的文学翻译？在我看来，一定要有作家和杂家两种素质。文学翻译首先要从作家的角度看待世界，首先要用心进入被翻译的作品，即作家的内心体验和感知作家的感受和心灵。至少在阅读即将翻译的文学作品时，我们应该被感动并与作家产生强烈的共鸣，以激发再创造的欲望。通常，译者即使不能拿出长篇大作，也至少应该写一些简短的散文或精神笔记。翻译人员首先应该有一定的文学热情和爱好。

除了热爱阅读优秀的文学作品外，译者还应该有一定的文学基础。他们的写作技巧应高于普通文学爱好者。在进行文学翻译时，他们不仅要掌握作品的语言知识，还要体会作品的思想内涵，然后生动地再现原作，反映作者的内心世界，以此拿出一个好的文学翻译作品。文学翻译人员应该有作家的感受，尊重和理解作家的创作风格和习惯，以更好地再现文学作品。由于翻译涉及的知识范围太广，在翻译作品时，你会遇到各种各样的知识，如果不能掌握一些相关的知识，就会不知道从哪里开始翻译。原作的作者涉猎的知识越广，翻译的知识范围就越广。

如果文学翻译者的知识范围狭窄，那他们对原作的理解就很可能有限，不能真正理解原始文本的意义，那么翻译作品与原始作品的差异可能就很大。我们要成为一个对翻译感兴趣的人，注意生活的积累，静下心来，多读书，从知识的海洋中吸收各种营养。要成为一个翻译家，我们只能依靠日常的学习积累。 文学翻译基本的要求是熟练掌握两种语言和文字，从而熟练转换和翻译两种语言或文字。翻译家肩负着保护和传承民族语言纯洁性的责任，除了日常积累外，还需要时刻阅读工具书，以保证语言的规范性和准确性。语言是一个民族跳动的心脏。

我们应该珍惜母语和翻译语言的转换和应用，尽最大努力确保语言的纯洁性和优美性。优秀的文学翻译者使用的语言干净、准确、丰富，可以使翻译精彩。文学翻译是一项神圣而崇高的事业，是一项复杂而艰巨的工作。只有不断地打磨作者和翻译的心，才能点燃其生命之火和智慧之光。我们不能轻视文学翻译，不能轻视翻译。

第二章　中西方翻译文化理论

第一节 语言学翻译观

我们要认真学习近代语言学，要将再现原文作为翻译的一项重要任务。[①] 西方语言学理论对文学翻译有很大的帮助。笔者认为要对语言翻译理论进行深入的学习，在无限贴近英语原文的基础上，翻译人员要努力使翻译后的文章内容符合中国文化的语言环境。

翻译的内容其实会涉及多种学科，例如，文化、社会学、地理学等，但是翻译的实质仍然是在准确、通顺、优美的基础上，把一种语言信息转换成另一种信息。从传播学观点来看，翻译是一个“编码—译码”的过程。

对比中国的翻译理论不难看出，中国的翻译从信、达、雅到神似、化境均达到了高度综合的标准。但是中国翻译仍然有进一步发展的空间，笔者认为，中国翻译可以对语言进行解剖，分析语言学。

西方的翻译研究主要是利用语言学的成果对翻译理论进行研究。为探究其原因，笔者列举了以下几点：第一，西方的语言学在近一个世纪的时间里已经取得了长足的进步；第二，在一般意义上的翻译理论研究上，泰特勒似乎已经达到了顶峰。那么之后的西方语言翻译理论中，借助语言学的成果去实现翻译似乎已经成为大势所趋。现阶段，语言学研究的发展主要表现在三个方面，一是索绪尔的结构主义，二是乔姆斯基的转化生成语言学，三是以韩礼德为代表的系统功能语言学。

索绪尔的结构主义可被看作一种具有许多不同变化的概括研究方法。广泛地讲，结构主义者需要探索文化意义是通过什么样的关系表达

① 刘知洪．文学翻译教学中的汉语文化语境顺应 [J]．英语教师，2022,22(10):170-172.

出来的。根据结构主义，文化意义的产生与再创造是透过各种表意系统的各种现象和实践活动，来找出文化意义是如何被制造和再创造的深层次结构。结构主义的研究范围包括很多，其研究对象包含文本领域和非文本领域，以及其他能够表现出来的各种形式的领域。

第二节 西方文化学翻译理论

本节选取西方翻译主要理论来做简略介绍，以下是西方翻译理论的学派及其代表人物（表 2-1）。

表 2-1 西方翻译理论的学派及学派代表

布拉格学派	雅克布森：三分法
伦敦学派	卡特福德：等值转换 纽马克：交际翻译与语义翻译
交际学派	奈达：功能对等理论
功能学派	卡特琳娜·莱斯：文本类型理论 汉斯·弗米尔：翻译目的论
文化学派	詹姆斯·霍尔姆斯、苏珊·巴斯奈特：文化转向概念 安德烈·勒菲弗尔：改写理论 埃文·佐哈：多元系统理论
解构学派	雅克·德里达、沃尔特·本杰明、劳伦斯·韦努蒂

笔者认为西方学翻译观中最值得研究的便是符号学对于翻译的解释，此理论经过相关学者研究，在现代西方翻译理论中显得尤为重要。

在现在西方相关学者眼里，英语翻译的过程可以看作一个完整的符号过程。符号过程是非常复杂的，所以对英语翻译进行研究的时候，我们必须要有所侧重。

符号体系、使用者集群与世界的关系可以分为六门学科。其中与英语翻译相关的学科有三门：符形学、符义学与符用学。

这三门学科研究对象的区别，从符号文本组成形态，到利用符号表示的含义，再到符号文本的使用，其实并不难理解，但是如果要真正讨论起来的话，是十分复杂的。

这三个西文词原本是语言学领域的术语，在中国的翻译领域可将其分别理解为：句法学、语义学、语用学。

一、符义学

符义学研究的核心领域是关于意义的传达与解释。

与符义学相对应的是翻译之中，怎样才能完整地产生文本意义。对于意义的理解其实是一个不断深入的过程，从感知到识别，再到理解，最后到再述，这个过程并不是严格的结构化过程，相反，还可以为其加上很多环节，实际上这是一个不断深入的过程。

为了方便下文中对其的叙述，笔者在这里建议把符号意义的实现（也就是解释），分为三步：感知、接收、解释。这三步分别对应皮尔斯符号学的三分法：呈符、述符、议符。

符号意义“被感知”作为第一步，这在翻译的过程中可以理解为文本被翻译者（解释者）所了解。在这里要注意的是，感知并不一定代表思维导向。因为解释者的社会生活环境不相同，所以解释者的感知也是各不相同的。

举个例子，中国的翻译者与西方的翻译者在面对同一个文本的时候，翻译过来的句子、词语等都会有差别（可能是宏观的，也可能是微观的）。另外，对于整体要翻译的文本而言，中国的翻译者与西方的翻译者所翻译的重点可能也是不一致的。这个不一致体现在对文本句子、单词进行的着重翻译，对整个翻译文本的思想侧重。甚至，两个中国翻译者去翻译同一个文本也会有这样的情况。这是因为每一个接受者都在进行选择性吸收。

选择性吸收，在任何符号的解释过程之中都可能会遇到。接收过程可能是规约性的，从而形成了自动化。例如，对同一个文本进行翻译的时候，翻译者看见一些关于本国文化的字词，便会依靠自己对自身对目的语文化的熟悉度提高理解效率。翻译者跳过了接收，进而直接接受（因为对于本国文化较为熟悉），程式化地理解符号，跳过中间环节，从感知直接进行理解。

缩短识别过程，对于文本是诗歌的艺术类体裁来说，却是最不合适的接收方式。如果仅仅是读了开头便可以接收，这样的小说“公式化”对于诗歌这一类文本体裁来说，是在文本与意义之间缺乏距离。

艺术题材的翻译不重在理解，而是重在翻译者在对文本的感知之中不断地进行识别（这个过程可能会比较艰难），再从识别之中寻找理解。这个过程越费力，越会让翻译者有成就感，即便是最后没有理解。因为整个找寻的过程让翻译人员心甘情愿，乐此不疲。

对于实用文本翻译来说（比如翻译一本农学植物种植这样的使用意义很大的图书），符号接收过程却是恰好相反的。翻译实用文本一般都不会进行选择性吸收，因为文本已经规定了这一过程的每一步应该是怎样操作的。

符义学的第三步在于理解，真正的理解其实是一种“内化”。在翻译的过程之中，翻译者在面对新的翻译文本的时候，要能够依据自己的经验，用自己过去的理解来解释新的文本意义。这个过程实质上便是用一个新的符号“再现”自己的理解，这是一个新的表意过程。

因此出现了下面这句悖论：“学习理解，就是在学习不理解。”这里的悖论有两个意思：翻译的过程之中，实用文本的翻译是可以直接进行的，是对文本之中的符号自动化的反映；而在诗歌、散文这样的艺术文本之中，不理解是在努力推迟理解，翻译过程本身就是在对艺术文本进行欣赏，解释反而排在了第二位。

二、符用学

英语翻译之中的符用学涉及翻译者的社会行为与心理条件。根据莫里斯的定义，符用学研究的是符号与接收者之间的关系，在翻译中是文本与翻译者之间的关系。

研究翻译者在什么样的条件下，能得到何种意义，如何使用这个意义。符号学家里奇指出，凡是涉及以下四条之中的任何一条，即进入符用学的范围。

（1）是否考虑发出者（文本写作者）与接收者（文本翻译者）。

（2）是否考虑发送者的意图，与接收者之间的解释。

（3）是否考虑符号的语境。

（4）是否考虑使用符号而施行行为。

实际上，翻译问题之中一旦涉及使用者，就成为符用学问题。因为具体的文本不同，翻译涉及的意义也会不相同。理解一个文本几乎会涉及整个人文学科、社会学科的知识。

夸张一点来说，如果这本翻译文本意义比较丰富的话，它创造的文本世界可以让任何理论语言言之成理。因为它不仅涉及解释者个人，而且还涉及符号的总体社会表意潜能。

以翻译文本之中的单词来说，其意义便离不开使用的文本语境。同一个单词放在不同的文本之中，其意义也会不一样。不同的接受者翻译的意义也是不一样的，所以文本在某种语境下的使用便是符用学的关键。

三、符形学

符形学研究的应当是符号组合的形成方式，符形学问题包括感知符号、艺术符号、符号的实际使用以及一般语言学。

可以看到，符号的组成千差万别，一幅图画、一篇文章的符号形态之间，几无明显可比的地方。符形学要总结出各种符号文本的共同形态规律，比语言学要困难得多。

对于英语翻译之中，常涉及英语语法，单词等基本语言组成单位，故符形学在这里影响较少，笔者不再过多叙述。

第三节　中国文化学翻译理论

翻译可以使外国人了解中国的文化。我国的古诗词具有美的艺术品质，如果翻译后诗词是真实的，但却不美的话，这仅仅是达到了翻译的最低要求，并没有达到翻译的目的。

对于中国文化的翻译来说，真与美即翻译的真实性与翻译的艺术性。如果中国文化翻译只具有真实性，但是并不具备艺术性，也不可以称作翻译的真实性。

许渊冲先生将“窗前明月光”中的“明月光”翻译为 a pool of light，a pool 原本的含义是一个池子，这个池子引发人们联想到一个圆池子，所以窗前一个圆池子中的光可以让人们联想到月亮（就好像是盛满月光的池子），这也有团圆的隐喻。

但是翻译到国外以后，由于国外的文化秩序里没有“团圆”的相关概念，所以国外的读者还是很难理解这句话。因此，对于中国文化学翻译，第一个问题便是一定要让别人了解我国的文化。

隐喻，同样也是符号学理论里的符号。符号隐喻是指解读有一定的开放性的比喻，喻体与喻底之间的连接比较模糊，而这个连接往往存在于发出者的意图之中。

对于隐喻来说，如果想要了解符号发出者的意义和意图，我们就需要了解发出者所在的社会的文化秩序，才能够还原其真实的隐喻意义。

另外，中国文化学翻译中，最重要的是让外国人了解中国的文化，了解到我国的传统文化魅力。

对于中国文化学翻译，许渊冲先生提供的翻译理论中，要求使“真”“信”与“美”达到和谐。

现代有很多学者对这个理论进行了解读，笔者也尝试进行了解读。

关于“真”，笔者认为“真”传统文化翻译的真实性，不能因为国外没有相应的单词就选择用其他的事物来替代，这显然是不正确的。因此，为了让观众能够更好地理解，翻译者在进行翻译的时候，也要适当考虑阅读群体的文化背景，可以选用阅读群体容易理解的词句进行比喻，或者隐喻等。

这里，笔者只强调适当，更重要的还是要依靠译者自己的文化。中国文化翻译的真实性强调的是能够通过我们自身的文化表达方式让国外阅读群体对我国的传统文化产生兴趣。

关于“信”，笔者认为这是在讲究一种意境之美，传统文化翻译之后的文本，不论这个文本的体裁是什么，都应该有一种我国独有的传统文化意境，这样可以同他国文化翻译做出明显区分，彰显我国传统文化独到的意境之美。

中国传统文化其实也讲究意境之美，如陶渊明先生的“山气日夕佳，飞鸟相与还”，在对其进行翻译的时候，译者一定要保留我国传统文化本身的意境。

中国传统文化博大精深，源远流长，受到了本土儒学、道教，以及佛教等学派、思想的融合，进而形成自身独到的“禅”。

当然，上文所列举的只是中国传统文化的意境之一，中国传统文化还有很多不同种类的意境，笔者在这里不一一列举。

而当翻译者的翻译形成翻译文本的时候，这个翻译文本留住了原文意境，这才算是达到许渊冲先生所言的“不止有言外之意，还会有言内之意”。

最后，便是美。笔者认为中国传统文化的翻译之美是多种多样的，分析的角度也是各有不同。总结的来说，翻译文本要想成为艺术品，就要呈现出来艺术灵韵。

艺术灵韵就像谈玄一样，总让人摸不着头脑，人们往往误以为其与灵光一现相对应，其实不然，这就像观赏一幅山水画，观赏者在观赏的同时，也在观赏画家的意境。而中国传统文化也是这样，诗、词、小说等文学体裁都离不开两点，一是文体相质，一是以文言志。

“《诗》三百，一言以蔽之，曰：‘思无邪’”，这是孔子老先生留下的言论。何为“无邪”，首先是能够通过作者写的诗词反映出作者的情绪，“今我来思，雨雪霏霏”是一种情绪；“投我以木瓜，报之以琼琚”是一种情绪。这样的情绪直接反映到诗歌诗词上便是以文言志，或者说以文抒情。

文体相质是指文章要与文本体裁相关，不能将诗写成散文，诗歌就应该按照诗歌的体裁来写。

从这两点来看，对中国传统文化的翻译也要做到当阅读群体看到这篇翻译的时候，首先能够读出作者的思想感情（翻译文本思想感情要贴近作者的思想感情），第二点便是按照文本与文本体裁对应的方式来写。给外国人读中国的诗词应该将其翻译成为外文诗的体裁，这样方便外国阅读群体阅览。

第三章　文学翻译的技巧与方法

第一节　词汇翻译技巧与方法

词语是文学能够翻译好的基础，就像是一座华丽的大厦，起于一砖一瓦，最先需要做好的便是熟记单词。但是同一个单词会有不同的意思，将其放置在不同的语境之中也会有不一样的词性与词义。所以对于单词而言，最重要的方式便是能够将其带入句子之中。因此，笔者将会结合几部英语电影，从中选取例句进行翻译和讲解。

一、《阿甘正传》

（1）Those must be comfortable shoes. I bet you could walk all day in shoes like that and not feel a thing. I wish I had shoes like that.

译：这肯定是一双舒服的鞋子。我打赌你穿一天这样的鞋子来走路也不会有任何问题，我希望我能拥有一双这样的鞋子。

重点词语：bet。

单词 bet 作为动词，有“打赌，确信无疑”的意思，在“I bet you could walk all day in shoes like that and not feel a thing.”中作为动词。再根据文本内容，联系上下文，上文肯定这是一双舒服的鞋子，下文的含义是希望自己也有一双这么好的鞋子。所以，综合文本意思来看，bet 在这里翻译成“打赌”的意思。

如果是翻译成“确信无疑”，那么应该是：

I bet he can pass the exam.

译：我确信他可以通过测试。

词义辨析：bet 与 gamble。

bet 往往指的是在竞赛中的打赌，也指双方互相有疑惑，而进行打赌。在口语中，bet 意为确信，敢说。

gamble 多指投机，为获得某物或者是得到利益而去冒风险，有一种孤注一掷的感觉。

（2）If God intended everybody to be the same, he'd have given us all braces on our legs.

译：如果上帝打算让每个人都一样的话，他会给每个人一双脚撑。

重点词语：intend。

其实 intend 的意思比较简单，指的是想要，打算。我们结合其在 If God intended……句中的语境，可以发现其意思是"打算"，因为这个句子是一个祈使句，所以选用"打算"意最好。

词义辨析：intend，mean。

intend：用在正式的用语之中，经常表示的是对于未来的行动做出打算，并且依靠努力可以实现。

mean：多用于口语，常常指怀有做某事情的目的或者是希望得到某物，特别用于"效果不好但是动机是好的"的语境中。

词语用法：

第一，intend 后面常常跟着不定式，并且很少使用动名词。

第二，当 intend 后面有宾语的时候，也多用于不定式之中。

I intend him to go to school.

译：我打算让他去学校。

第三，当表达"打算做的事情但是并没有实现"的意义时候，不能用虚拟语气，只需要体现出"打算"这个动作。

I had intended to drive to parliament, but was prevented by the traffic jam.

译：我打算开车去议会，但是被交通事故所阻碍。

（3）We're a progressive school system.We don't want to see anybody left behind. Is there a Mr. Gump, Mrs. Gump?

译：我们学校在排名次，不想让任何人拖后腿。甘先生？甘太太？

重点词语：progressive，attend。

progressive 一词的本义是进步的，先进的，循序渐进的，但是放在本文之中表示排名次，这便是结合句子语境翻译之后得出来的。学校不能与进步直接搭配，只有将学校“比喻”化（符号学中的比喻），这样在进行翻译时才能让语句保持通顺。

（4）The state require s a minimum IQ of 80 to attend public school, Mrs. Gump.

译：州政府要求进入公立学校的最低标准智商是 80，甘太太。

重点词语：minimum。

单词 minimum 是形容词，词义为最低的，最少的，在句子之中是对智商的修饰，所以其在句中表示公立学校的最低智商标准。

反义词：maximum 表示最高的，最大极限的。

单词 attend 表示出席，参加，照料，注意，专心于，在文中根据其所在的位置可以将其理解为进入公立学校的标准。attend 这个词本身有很多种意思，我们将其放置在语境之中进行翻译，使句子通顺。

词义辨析：attend，join，participate，take part in。

attend：倾向于参加或者是出席会议或者学术活动等。

join：是一个普通用词，常常指参加团体活动，党派、游戏以及游行活动。

participate：是正式用词，特指能够参加团体活动，也可以表示以一个积极的角色去参加活动。

take part in：倾向于参加某项群众性、集体性的事业、工作或者活动，重点突出参与者在活动之中能够发挥一定的作用。

词语用法：

attend 与 attend to 都可以表示“出席于……”的意思，不过在使用习惯上更倾向于使用 attend。

attend 与 attend upon on 都可以表示“照顾，伺候”的意思，但是在特指医院中的医生或者护士照顾的时候，我们在习惯上一般仍然使用 attend。

attend to 表示“注意于”的意思，我们在句子之中常常需要注意是这个词组，其后 to 作不定式。

I will attend to the thing soon.

译：之后，我会注意下这个事情。

二、《美丽心灵》

（1）These are latitudes and longitudes. There are at least 10 others. They appear to be routing orders across the border into the U.S.

译：这是纬度与经度，这里至少还有其他十个地点。表明他们进入到美国的路线，是绕过美国的边境。

重点词语：latitude，longitude。

latitude，longitude 在这句话中分别表示的是纬度与经度。但是 latitude 还表示自由。这便是翻译之中的重点。

You have a wild latitude to do anything as you like.

译：你有最广泛的自由去做你喜欢的任何事情。

（2）And what is infinitely worse my time. However, here we are. So you may attend or not.You may complete your assignments at your whim. We have begun. Miss.

译：更加倒霉的是我的时间。然而，现在我们在这里，你们参不参加活动都无所谓。你可以随心所欲地完成自己的安排，我们现在就开始，小姐。

重点词语：whim。

单词 whim 表示的是一时兴起，at whim 表示一时兴起，突发奇想。我们在这句话之中需要注意的是 at whim 是跟随谁，短语在这里做的是状语，表示喜欢了以后再去完成某事情。

The suggestion was no whim of the moment.

译：这个建议并非一时兴起。

（3）We are told during our initial briefing that these warehouses were abandoned.

译：我们在最初入学的时候，便已经被告知这个仓库早就已经被遗弃了。

重点词语：initial。

单词 initial 表示最初的意思，是一个形容词，在这里修饰 briefing。briefing 是 brief 的现在分词，但是其自身也可以作为名词使用。当它作为名词使用的时候，其意义是简报、简介；简令，作战指示。

三、《博物馆奇妙夜》

（1）Erica: Hey, how's it going with that virtual-reality driving range that you wanted to open?

Larry: Getting there, still waiting for the technology to catch up.

译：艾力克：你想要参加的那个模拟驾驶练习怎么样了？

拉里：正在筹备之中，正在等着这个技术出现（指模拟驾驶技术）。

重点词语：virtual，range。

单词 virtual 是形容词，表示的是实质的，模拟的，虚拟的；range 作为名词表示的是范围。这两个词放在上文之中并不很难翻译。翻译这句话的关键在于能够准确地将词义传达，这也就是说要根据两个词在这两句话之中所占的句子位置来进行翻译。

（2）Erica: Oh, no, Larry. You didn't get evicted again, did you?

Larry: I didn't...

Get evicted. I didn't get evicted, no. I mean, I didn't...

译：艾力克：不是吧，拉里，你真的没有再次被房东驱逐吗？

拉里：我没有……

被赶出来，我没被赶出来，不。我的意思是，我没有……

重点词语：evict。

单词 evict 是一个动词，意思是驱逐，逐出，在句子中表示的是拉里被房东扫地出门，也就是不再让她居住。艾力克用一个伴随状语的反问来增强语气，这表示对拉里行为的震惊与不理解。

（3）Larry: That's not the point. Come on, you love hockey.

Nicky: I still like it, but bond trading's my fallback.

译：拉里：这并不是重点。来，你最爱的冰球。

尼可：我仍然喜欢冰球，但是我最后的退路是证券交易。

重点词语：fallback。

单词 fallback 可以当作动词也可以当作形容词。其词义是撤退，退却；后背的，用来应变的。我们在翻译时要注意单词在句子之中的位置，进而再进行单词词义的挑选。

（4）Debbie: Mr. Daley, I can honestly say, in 43 years at this agency...

...I've never seen a resume quite like yours.

Larry: All right.

Debbie: That wasn't a compliment.

译：黛比：戴利先生，我很诚实地讲，在这里工作 43 年，从来没有看见过和你的简历一样的简历。

拉里：好吧。

黛比：这并非是夸奖。

重点词语：complement。

单词 complement 是名词，其含义是赞美与夸奖、称赞，恭维，在句子中表示无奈。

词义辨析：praise，applaud，commend，compliment。

praise：普通用词，指的是用语言或者其他方式表示夸奖，赞扬。

applaud：是指精彩的表演或者是高尚品质的行为得到赞赏，并且情绪非常激动地鼓掌与喝彩。

commend：正式用词，指的是对于具体功劳或者成果等表示赞赏。

compliment：侧重客气与礼貌，有恭维的含义在其中。

第二节 句子翻译技巧与方法

英、汉句法之间是存在差异的，现将英语和汉语的区别大致归纳如下。

第一，英语重形合。这指的是英语讲究的是“结构美”，强调语法和句法的完整性。在英语的句法中，一句话必须要具备主语和谓语。英语句子常用词性变化（名词变为动词、形容词变为名词）、虚词（冠词、介词、连接词）、非谓语动词（不定式、动名词、分词）、各种从句和独立主格等来表现语法关系。索绪尔的结构主义认为英语是一种结构性的语言。因此，有人将英语的句法结构称为“树型结构”，干上有枝、枝上有节，节外生枝。

第二，汉语重意合。汉语讲究的是“意境美”，任何简单的语言单位都可以被用来表达说话者的中心思想，并且不在乎语法是否完整、合理。这里举个例子：常见的母亲喊孩子回家吃饭常常是“回家吃饭”（无主语）。汉语也没有词形的变化，没有非谓语动词、定语从句、独立主格和冠词，而且在许多情况下都会省略连接词。汉语语法常见的是通过词组和短句进行逐一排列，虽然在外形上没有什么连接关系，却在表意结构上包含逻辑形式。因此，汉语结构像是竹子的结构，一节一节的，简洁明快。

对于英、汉句法结构之间的差异，我们可以做一个比喻：汉语的句子结构好比是一根竹子，一节又一节地连接下去；而英语的句子像是一串葡萄，其主干可能很短，但是累累果实都在上面，这些果实可以被看作是定语、状语、同位语等修饰成分。以以下例句，我们对其进行分析。

The beauty of a woman is not in the clothes she wears ,the figure that she carries, or the way she combs her hair. The beauty of a woman must be seen from in her eyes, because that is the doorway to her heart, the place where love resides(Audrey Hepburn).

翻译：一个女人的漂亮不是源于她所穿的衣服，她的身体形态如何，或者是她梳什么样的发型。女人的漂亮来自她的眼睛，因为那是她心灵的窗户，是她的爱栖息的地方。（奥黛丽·赫本）

解析：这是奥黛丽·赫本说过的一段话，其中包含着长长的条件状语从句，从句的主干是 her eyes is，后面接着两个状语从句，这可以说是“累累果实”。但是汉语没有从句，汉语一般都是简单句，所以要求翻译后的语言要简洁工整、音韵响亮，这样才能充分发挥出汉语的优势。

下面，对于英语句子的翻译，我们首先学习简单句，之后学习并列句、名词（短语）和名词性从句、定语和定语从句、状语和状语从句与英语的特殊结构。

一、简单句

（一）五种基本结构

英语句子有五种基本结构。第一，主谓；第二，主谓宾；第三，主谓表；第四，主谓双宾；第五，主谓宾宾补。

第一，主谓。

由主语和谓语所构成的一句话，其结构就叫作主谓结构。

举例：I come back。

翻译：我会回来的。这里的动词 come 用的是一般现在时态，这表示的是此动作的发生。

第二，主谓宾与主谓表。

这两种结构应该是简单句里面较为重要的，以下笔者先来讲述一下两者的区别：谓语动词不同。

主谓宾的谓语是“实义动词”，能够表达动作的词都可以被称之为实义动词。其也可以被称为行为动词，如：喜欢、讨厌、跑、说等。

主谓表的谓语一定是系动词，也称作连续动词，系动词主要分为以下六类（表 3-1）。

表 3-1 主谓表结构中谓语动词的分类

表状态	be 动词（连接主语和表语，无意义，用于构成句子）
表感官	look、sound、feel 等（感官动词后面只能加形容词）
表变化	get、become、turn 等
表保持	keep、stay、remain 等
表表象	seem、appear 等
表终止或结果	prove 等

需要注意的是以上有些动词既可以作系动词，还可以作实义动词。作为实义动词，其意思为：Get：得到；turn：转动，转弯；grow：成长，发展；fall：下降。

想要知道以上的动词是实义动词还是系动词，我们应该根据句子的意思来区分，如：

“He got a prize last week.”他在上周得了一个奖。（get 表示实义动词“获得”）

“He got mad at last.”他最后生气了。（got 作为系动词，表变化）

第三，主谓双宾。

主谓双宾是“主语 + 谓语 + 间接宾语 + 直接宾语”。在这个句型当中，较难区分的是句子里面哪一个是直接宾语，哪一个是间接宾语。

He teaches us math.

teaches 的宾语有两个，一个是 us 作间接宾语，一个是 math 作直接宾语，此时这两个宾语称作双宾语。直接宾语为主要宾语，表示动作是对谁做的，是为谁做的，在句中是不可或缺的，常常由表示“物”的名词来充当；间接宾语被称为第二宾语，去掉之后对整个句子的影响不大，一般是由“人”去承担。引导这类双宾语的常见动词有：buy、pass、tell、teach 等。

第四，主谓双宾补。

这种“宾语＋补语”的句型统称为“复合宾语”。宾语补足语的主要作用为补充说明宾语的特点、身份，或是让宾语完成某个动作，充当补语的常常是名词、形容词、副词、短语、分词等。我们需要根据句子的意思来决定其所充当的角色。

“She told me not to play in the street.”此时 me 后面是动词不定式。不定式用于补充说明 me。

对以上句型的翻译常常采用直译的方式，不需要进行语序的调整。区分“宾补”和“双宾”最简单的方法是在两个宾语中间，或者宾语和宾补之间加个系动词。如果读起来语义通顺就是宾补，反之则是双宾。

（二）句子的成分

句子的组成成分称为句子成分。在句子中，词与词之间有一定的组合关系。按照不同的关系，我们可以将句子分为不同的组成部分。句子成分是由词或词组充当，汉语句子成分与英语基本一致，包括主语、谓语、宾语、表语、定语、状语、补足语和同位语八种。

句子的成分由不同词性的词或词组充当，所以词性至关重要。英语的词性可以直接决定单词能够充当什么样的成分，从而也决定了它们在句子之中的位置。不同词性的词或词组在句子之中所处的位置不一样。比如英语中规定了名词作主语、动词作谓语，那么主语便是名词，而非动词，并且主语一般是在谓语动词之前。

学习英语的词性，有利于在英语文学翻译之中更好地解读长难句，也有助于写出正确、地道的英语句子。英语本身不同于中国人的语言环境，所以词性尤为重要。用错了词性会显得自身的英语功底不扎实。

1. 谓语

只有系动词或实义动词（词组）才能够充当谓语。

举例：“My cat love me so much.”

以上例子其实并不是一个句子，因为其中的谓语是没有时态的，正确写法应该是 loves。在这里需要注意的是如果动词前面加 to，表达的是动词不定式（一般充当补语）。但是，还需要注意的是即便动词具备了时态也不代表它是一个句子，因为有时候主语是不能够自己发出动作的，此时我们需要使用被动语态。

那么一句话之中是否能够出现多个动词呢？首先，可以确定的是动词（词组）不能够充当定语、状语。另外，谓语只能是动词（词组）。

那些不作谓语的动词（词组）就会变成非动词结构。我们需要把一个动词变成非动词结构，其具体调整如下。

第一，动词变为现在分词（V+ing），表示主动或进行（主动居多）。

第二，动词变为过去分词（V+ed），表示被动或过去（被动居多）。

第三，动词变为不定时（前面加 to，变为 to do），表示目的或将来（目的居多）。

将动词变成现在分词、过去分词、不定时，英语专业语法称为非谓语结构。非谓语在句子之中可以作主语、表语、宾语、定语、状语与同位语。区分谓语和非谓语的方法就在于句子想要表达哪个动作，哪个动作就是谓语，其余的非动词（词组）便是非谓语结构。

例：猫咪跳上了桌子，踢到了电脑，让电脑摔在地上。

译：The cat jumped on the desk ,kicking computer and making the computer fall to the ground.

另外，如果句子中没有动词（词组）翻译成英文的时候，我们需要在句中加上 be 动词。

例：猫在家里。

译："cat is at home."

总结，谓语必须是实义动词（词组）或系动词，并且必须有时态和语态。一句话的动词（词组）只能有一个，多余的词变成非谓语结构，句子中没有动词时，我们需要在句中要加 be 动词。

2. 主语

主语的成分包括代词、名词（短语）和非谓语结构，主语在句子中是不可缺少的，即便祈使句也并非没有主句，只是将主语省略了。翻译的现实情况是，中国的许多句子因为语言习惯是没有主语的，所以在翻译成英文的时候，笔者认为有以下几个解决办法。

第一，用 it 作主语。一般和天气、温度等有关系时，常常用 it。

第二，There be 句型。常见汉语句子中有“有”字，并且其有个较为隐蔽的用法，便是句中没有主语。例如，他的手上有朵花。“There is a flower on his hand.”

第三，变主动为被动。在文学翻译中，人称代词一般是较为主观的表达方式，应该尽量避免使用。被动语态有一个 by，by 翻译成“被”“由”，后面接动词的发出者，by 的使用要根据实际句子意思来确定。

主动变换成被动，其实就是换一种说法来表达这句话。

在主语变主动为被动的情况下，在以下几个情况是无法转化的。

第一，have、own、possess 含义为“拥有”，无被动。

第二，系动词无被动（主系表）。

第三，表示“发生”或“爆发”的动词（词组）无被动。

第四，不及物动词无被动（主谓）。

3. 宾语

在忽略从句的情况下，宾语的成分和主语的成分是一样的——代词、名词（短语）与非谓语结构。

4. 表语

能作表语的成分有代词、名词（短语）、非谓语结构、形容词（短语）与介词短语。

了解完简单句以后，我们在这里举两个例子。

例 1：恨一个人其实就是拿别人的错误来惩罚自己。

译：“Hating a person is penalizing yourself because of the fault of others.”

例 2：他外表看起来邋遢，内心却很高贵。

译：“He looks indecent in appearance but he is noble in his mind.”

在这里需要注意的是，“内心”其实说的是“思想”。

二、并列句

英语中不能够直接用逗号连接两个句子。因此，如果想要在句子之间用逗号，就需要用到并列连词。并列句就是由并列连词连接的两个或两个以上的句子。这个句子可以是简单句，也可以是从句。

例：As you are trapped in a dilemma,those who don't understand you and who don't accompany you will not deserve your love.

译：在你处于苦难时，那些不理解你的人和抛弃你的人不配拥有你的爱。

在文学翻译之中，常见的并列连词有：

第一，表示平行关系（并且，而且）：and、not only...but also...、both...and...、either...or... 等。

第二，表示转折关系（然而，但是）。如 but、while、yet、whereas 等。

第三，表示选择关系（或者，要么）。如 or、whether...or... 等。

第四，表示因果关系（因为，所以）。如 for、so 等。

第五，表示递进关系（然后，再者）。如 then 等。

与并列连词同义的逻辑关系词有以下几种。

第一，平行关系。

副词：similarly、equally、likewise 等。

介词短语：in the meanwhile 等。

第二，转折关系。

副词：however、nonetheless 等。

介词短语：on the contrary、in contract 等。

第三，因果关系。

副词：thus、consequently 等。

介词短语：as a conquence 等。

第四，选择关系。

副词：alternatively 等。

第五，递进关系。

副词：besides、subsequently 等。

介词短语：in addition 等。

连词与副词、介词短语的区别在于使用连词的时候可以加逗号，也可以不加；我们使用副词或介词短语时，必须把逗号变成句号，或者在副词或介词短语前加连词 and。

例：There were no trails in the sky,but the birds had flown away.

译：天空没有痕迹，但是飞鸟掠过。

并列连词的应用讲究并列句的对称原则。第一，要求词性对称。并列连词前后的词性、单复数、时态和语态等必须一致；第二，要求结构对称。连词所连接的句子的结构必须要保持一致。

并列句中常常还会出现省略现象。对于省略的成分而言，英语讲究“结构美”，强调句法和语法的完整性和合理性。因此英语句子中有一个句法原则，叫作避免重复原则。所以为了让翻译句句式优美，一般并列句后面的部分要能够省略重复的内容，连词两边的结构依然能够保持对称和平衡。一般来讲，我们会省略主谓、be 动词（常用于被动时态）、主语。

在进行文学翻译的时候，我们要能找出句子所省略的内容。常常一句话里只要有省略，一般都会省略并列连词后面的成分，所以并列连词后面有的成分，并列连词前面也要有。而并列连词前面有的成分，并列连词后面没有的成分，往往是省略的内容。

在文学翻译之中，使用副词和介词短语这样的逻辑关系词显然会比使用那些常见并列连词好很多，但是其后还要加上定语、状语，这才会显得翻译者的水平很高，在下面笔者会一一讲到。

三、名词（短语）与名词性从句

名词（短语）在句子之中一般充当主语、宾语、表语与同位语。这里解释一下同位语，同位语是在说明前后两个部分是同一个事物。

例如：我爱我的猫——橙子。

也就是说两个名词（短语）指的是同一个事物。事实上，在文学翻译的句中只要出现名词（短语），我们都可以用另外一个名词（短语）作它的同位语，但是前后要使用逗号或破折号隔开。

例：Pollution is very serious.

加上同位语：Pollution, a universal issue throughout the world, becomes fearful under modern conditions.

在介绍名词性从句之前，我们要先了解什么是从句。从句即“引导词＋分句”，具体结构为“引导词＋主语＋谓语”。从句和简单句的区别是，从句前面有一个引导词（如 that、who、where、when 等，均为引导词）。

从句可以充当名词（短语）本来充当的部分。当从句作主语的时候，其就是主语从句；当从句作宾语的时候，其就是宾语从句；当从句作表语的时候，其就是表语从句；当从句作同位语的时候，其就是同位语从句。

名词性从句的引导词按照从句的类型来划分，一共分为三类。

第一，that：当从句是陈述句时，需要注意的是，that 在从句中不充当成分，也没有实义。在不影响句子意思的情况下，宾语从句的引导词 that 可以省略。

第二，whether/if：当从句是一般疑问句时，whether/if 在从句中不充当成分，但意思为“是否”。需要注意的是，这两个引导词中的 whether 可以引导所有的名词性从句，而 if 只能引导宾语从句。

第三，特殊疑问词：当从句是特殊疑问句时，常见的连接副词有：when、where、why、how；常见的连接代词有：who、whom、what、which、whose。并且这些特殊疑问词一般都有固定的意思，不能省略。

例：有一天你会发现，事业和亲情都比爱情重要。

译：Someday, you will find that career and kinship are more important than love itself .

例：没有人会无缘无故就变得优秀，这个事实总是被很多人忽略。

译：The truth that nobody can become brilliant without endeavors is ignored by a sea of men.

四、定语和定语从句

定语是修饰名词（短语）的成分，这与中文保持一致。在中文语境里，听到“……的 + 名词（短语）”的结构，“……的”就是修饰这个名词（短语）的定语成分。先掌握中文的定语的概念和相关用法是学习英文定语的前提。

（一）定语成分

第一，形容词（短语）作定语。

第二，名词（短语）作定语。（这时候的名词形容词化）但是在这里要注意的是可数名词通常不能够单独使用，必须有修饰成分；如果单独使用的话，我们需要在名词前面加 the 或 a/an，需要用复数形式。虽然名词（短语）修饰名词（短语）有两种写法，但是英文还是更加倾向于采用 of 的结构。

第三，介词短语作定语。例如：as...as...、of 的结构等。

第四，分词、不定式（非谓语）作定语。

第五，从句作定语。

（二）定语位置

在中文语境里，我们总是把定语放在名词前，但是英文不是这样的。英文中的定语有个规律是“前小后大”。

也就是说定语的位置取决于它的长短。当一个单词修饰名词（短语）时，定语通常放在名词（短语）前面。当两个以上的单词修饰名词（短语）时，定语通常放在名词后面。但是，当过去分词作定语，即使定语是一个单词也通常放在名词（短语）后。

（三）定语从句

定语从句的构成是“先行词［名词（短语）］+ 引导词 + 分句”。定语从句结构最为重要的是先行词根据先行词类型的不同，引导词的分类也有所不同。

第一，当先行词是人时，引导词有：that、who、whom、whose。

第二，当先行词是物时，引导词有：that、which、whose。

第三，当先行词是时间时，引导词有：that、which、when。

第四，当先行词是地点时，引导词有：that、which、where。

第五，当先行词是原因时，引导词有：that、which、why。

一般情况下，that 等同于 which。在后面定语从句的特殊用法中会讲到 which 和 that 的区别。上述的分类方法会缩小引导词的可选范围。比如当先行词是人的时候，可以首先排除 where，但是每一类仍然有三个引导词，所以我们要根据具体题目来决定选用哪个引导词。

例：1.She is the woman (   ) loves me.

2.She is the woman (   ) I love.

3.She is the woman (   ) mother is wealthy.

句子 1 的先行词是人，我们只能从四个引导词 that、who、whom、whose 中选择，再去看从句，显然从句中缺少主语，再来看以上的四个引导词 that、who、whom、whose。

that 用作关系代词的时候，既可以指人，也可以指物，在从句中充当宾语或主语。

who 用作关系代词时，意思是“……的人，那个……”“他、她、他们”，一般只用来指人，在从句中充当主语或宾语。

whom 用作关系代词时与 who 同义，一般只用来指人，在从句中只能充当宾语。

whose 用作关系代词时，意思是“那个人的、那些人的、那一个的、那一些的”，既可指人，也可以指物，但是只能在从句中充当定语。

定语从句的引导词也可以按照引导词本身的词性或者按照引导词在从句中充当的成分分为三类。

第一，代词（在从句中充当主语或宾语的成分）：who、whom（在从句中仅能充当宾语的成分），that，which。

第二，副词（在从句中不能充当主干成分）：where、when、why。

第三，形容词（在从句中只能充当定语成分，修饰名词（短语））：whose。

例：The girl prefers the jewelry (　) the prince sent to her.

解析：这个句子的先行词是物，所以引导词有 that、which、whose，分析后面定语句子的成分，会发现缺少宾语，sent 动词所“给”的是珠宝，而不是“to her”。所以这里应该填 whose，在文学翻译中，我们也应该多加注意。

例：Life is like a long race (　) we can go beyond ourselves by competing with others.

解析：先行词是地点，从句中不缺少主干成分，所以引导词应为 where。

（四）定语从句的特殊用法

在文学翻译时候，我们要特别注意定语从句的特殊用法，这样更会有利于文学翻译接近于原文的意思。

（1）that 引导定语从句时候，如果在从句中充当宾语，that 可以省略。所以，如果在翻译的文章之中，我们看见一个句子中的两个名词（短语）直接在一起，那么该句可能是省略了 that 的定语从句。

（2）区分限制性定语从句和非限制性定语从句。限制性定语从句是定语从句紧跟在先行词后，对先行词进行修饰，不能够省略，省略后意思便不完整；而非限制性定语从句可以省略，只是起到补充说明的作用。在翻译的时候，限制性定语从句常常翻译为定语，而非限制性从句常常被翻译成为两个独立的句子。

非限制性定语从句的引导词不能用 that，但是选择方法和限制性定语从句选择引导词的方法是一样的。当先行词是人或物的时候，引导词要用 who、whom、whose、which。

非限制定语从句如果修饰的是前面的名词，则那个句子常常被翻译成两个独立的句子。如果引导词是对句子进行补充说明并且充当从句主语，则那个句子常常被翻译成“这，它，那”；充当其他成分的时候，我们要根据汉语的语言习惯来翻译。

（3）“介词 + 关系代词”引导的定语从句。其翻译方法便是通过找出关系代词的指代，将介词与指代的内容还原到定语从句的谓语后面，并且将主语和定语从句按照字面意思进行翻译。调整语序使主从句符合汉语的表达习惯，从而保持句子通顺。

例：Factors such as the place and period in which we are reading, our gender, ethnicity, age and social class will encourage us towards certain interpretation but at the same time obscure or even close off others.

分析：第一步，找到关系代词，which 指代的是 factors 中的 the place and period；第二步，还原“介词 + 关系代词”与定语从句——we are reading in the place and period；第三步，将定语从句放到先行词前翻译——诸如我们阅读的地点和时间；第四步，调整语序，使句子变得通顺——place 翻译成“地点”不太符合汉语表达习惯，应翻译成“场所”。

译：诸如阅读的场所和时间、性别、种族、年龄和社会阶级这些因素将会引导我们做出一定的解读，但是与此同时，也会让我们忽略或者甚至无视其他的要求。

（4）定语从句常见的翻译问题。笔者在这里指出常见的文学翻译中的两点问题。首先是固定搭配 the same...as 与 the same...that 引导的定语从句。the same... as 表示所引导的定语从句的从句内容与先行词同类而不同物，翻译成“像……一样的”；the same... that 表示所引导的从句内容与先行词同类且同物，即同一事物，翻译成“正是……”。

第一，as 和 which 引导的非限制性定语从句。两者的相同点是都可以引导非限制性定语从句，但是，当 as 引导非限制性定语从句时，其位置可以随便放（as 引导的从句可位于主句之前、中、后），翻译成“正如”。which 只能放在所修饰的句子的后面。紧跟 as 后面的动词是 be 动词，而 which 后可以使用任何类型的动词。

第二，区分 which 与 that 的区别。在文学翻译中，which 常常用于引导非限制性定语从句，也用于介词后作宾语。用 that 的情况则比较多：当先行词是不定代词 much、little、none、all、few、every(thing)、anything、no(thing) 等时；当主语以 here、there 开头时；当先行词被 the only、the same、the very 等限定词修饰的时候；当先行词被 any、much、few、little、no、all、much、some 等词修饰时；当先行词被序数词或形容词最高级修饰时，当先行词是疑问代词 who、which、what 或主语以这些词开头时；当先行词既有人，又有物时。以上几种情况用 that。

定语从句的先行词有多种可能性。有没有办法让我们一眼就能够在文学翻译之中识别？笔者认为方法只有一个，那就是能够读懂句子，只有读懂了句子才能知道定语从句的先行词到底是什么。不过，其实大多数情况都是先行词和定语从句连接在一起。也就是说，并非所有的题目都需要去找其中的定语从句的先行词。

我们想要在文学翻译之中找到定语。一般而言，定语从名词（短语）后开始，到主句的谓语动词（词组）前结束。但是如果主句的谓语动词（词组）在定语前面出现的话，定语通常到句末结束。并且大定语里通常有多个小定语，每一个小定语到下一个名词处结束，我们翻译时要从最后一个定语往前面翻译。但有以下两种例外情况：例外一，有时候名词（短语）位于固定搭配之中，此时这个定语就不能到该名词（短语）处结束，而是到固定搭配后结束；例外二，并列连词也要去隔断定语（如果并列连词连接两个单词，则不能隔断定语），定语不再到句末结束，而是到并列连词前结束。

五、状语和状语从句

（一）含义

在文学翻译之中，状语从句也是一个重要的组成部分，在讲述状语从句之前，笔者先介绍下形容词（短语）和副词（短语）。①

形容词（短语）可以放在系动词后面作表语，也可以放在宾语后面作补语，还可以放在名词（短语）前面作定语。无论形容词（短语）作什么成分，其核心都是围绕着修饰名词（短语）/ 代词的。

副词（短语）可以修饰实义动词（词组）、形容词（短语）和整个

① 张松竹．英语教学中文学翻译策略探析——评《文学翻译与大学英语教学》[J]. 中国高校科技，2021,(10):105-106.

句子，副词甚至还可以修饰副词。副词（短语）在句子中的主要用法是作状语。

那么什么是状语呢？从上面的副词（短语）的作用引申，我们可以了解到状语就是在一个句子中，用来修饰实义动词（词组）、形容词（短语）、副词或整个句子的成分。其实英语中的修饰成分一般是定语和状语。定语修饰名词（短语），状语修饰名词（短语）以外的所有成分。状语的成分有副词、副词短语、介词短语、分词、不定式、从句。

状语的位置相当灵活，其可以在句中的任意位置，但是放在句首或句末的情况居多。状语如果放在句首的话，通常用逗号隔开。

通过上文了解到，状语从句可以放在主句之前，也可以放在主句之后，所以状语从句的结构是：引导词 + 状语从句 + "，" + 主句（状语从句放在主句前，通常会加逗号。）或主句 + 引导词 + 状语从句（状语从句放在主句后，可以加逗号，也可以不加逗号。）

名词性从句的引导词是按照从句的类型来进行分类的，分为三类；定语从句的引导词是按照先行词的种类来进行分类的，分为五类。状语从句是按照引导词本身的意思进行分类的，分为九类：时间状语从句、地点状语从句、原因状语从句、目的状语从句、结果状语从句、条件状语从句、让步状语从句、方式状语从句和比较状语从句。

因为状语从句的引导词是按照引导词本身的意思来进行分类的，所以状语从句可以说是最简单的从句，因为每一个引导词都有其确定的意思。比如这个中文句子中"因为我喜欢吃橙子，所以我的猫叫橙子"中的引导词是确定下来的。

一般情况下，当主语中的谓语为过去时时，状语从句中的谓语也要用相应的过去时态；当主句中的谓语为将来时时，从句中的谓语一般使用现在时，用"现在"表示"将来"。

下面来分析一下九大状语从句。

（二）九大状语从句

第一，时间状语从句。

时间状语从句的引导词分为普通引导词、名词短语与副词。下面给每个引导词类型列举三个例子。

普通引导词：when、not...until、as soon as。

名词短语：every time、the moment、the instant。

副词：immediately、directly、no sooner...than。

这里分析一下当 when、while 与 as 分别作引导词的区别。when 引导的从句的谓语动词可以是延续性动词，也可以是短暂性动词，通常表示“当……时”；而 while 引导的从句的谓语动词必须是延续性动词，并且多用于进行时的句子中，表示“在……时”，强调时间段的持续性，也可强调主从句的对比；as 引导的从句的谓语动词是延续性动词，表示“一边……一边……”，一般用于主句与从句的动作同时发生的情况；as 也可以表示“随着……”的意思。

还有 no sooner... than 和 hardly... when 作引导词的用法，它们的含义都是表示“一……就……”。当主句用过去完成时时，从句用一般过去时。

例：I had no sooner begun to play the computer than the take-out arrived.

译：我一开始玩电脑，外卖就来了。

其高级用法：

no sooner... than 和 hardly... when 引导时间状语从句时可以使用倒装句式，因此可以将上述句子改为：

No sooner had I begun to play the computer than the take-out arrived.

当 when 引导时间状语从句的时候，如果从句和主句主语保持一致，并且从句的谓语中有 be 动词，那么从句的主语和 be 动词可以一起省略。

例：When I was alone,I would often read.

改：When alone, I would often read.

但是当从句之中没有 be 动词的时候，主语和 be 动词不能省略。

其中还有 until 与 not...until，虽然 not...until 中有否定词 not，但并不能将其翻译成“否定”。它们的区别在于主句的谓语动词，如果主语的谓语动词是短暂性动词，我们就用 not...until；如果主语的谓语动词是延续性动词，我们就用 until。

第二，地点状语从句。

地点状语从句之中常用的引导词是where，特殊引导词是wherever、anywhere、everywhere等。在where的用法里面，我们需要区别其引导的地点状语从句与定语从句。两种从句的翻译方法是一样的，但两者在语义上却是天差地别。区分这两种句子最关键的是看where是否指代前面的先行词，如果where指代的是前面的先行词，句子就是定语从句，否则便是地点状语从句。

当where引导地点状语从句时，从句修饰主句的谓语动词，where是连接副词，前面没有表示地点的先行词。如：

“I find my phone where I had lost it.”的意思是，我在丢手机的地方找到了手机。

解析：where引导的从句修饰find这个动词，说明在哪里找到的，虽然从句前面有名词，但不表示地点，只是谓语动词的宾语。

当where引导定语从句时，从句修饰先行词，where是关系副词，在从句中作地点状语，前面有表示地点的先行词。

一般来说，在状语从句前面加上“in/at/from the + 地点”就可以将句子改写为定语从句。

例：I find my phone where I had lost it.

改：I find my phone from the point where I had lost it.

第三，原因状语从句。

原因状语从句常用的引导词为because、since、as、for等。其特殊引导词有seeing that、now that、considering that等，这些词虽然在文学翻译中不是很常用，但是和常用的引导词相比，用法也没有很大区别。

我们需要注意的是，有一些介词短语也翻译成“因为”，但它们后面只能跟名词（短语），不能跟because of、due to、thanks to、for the sake of等引导的从句。due to通常放在句末，不放在句首；而owing to通常放在句首，不放在句末；其他短语的位置则是可前可后。

第四，目的状语从句。

该从句类型中常用的引导词是so that 、in order that等，常见的动词不定式也可以表示为目的，如to、in order to 、so as to等，其后跟动词原形。我们需要注意的是，in order to 前后的主语要保持一致。主语不一致时，我们只能用 in order that。

第五，结果状语从句。

结果状语从句常用的引导词为 so that、so... that、such... that 等。特殊引导词为 to the degree that、to the extent that、to such a degree that 等。

so that 既可以引导目的状语从句，也可以引导结果状语从句。引导目的状语从句时，其和情态动词连用；引导结果状语从句时，其不和情态动词连用。

so... that 的用法有 so+ 形容词 / 副词 +that，so +many/much/few/little+ 名词 +that，so+ 形容词 +a/an+ 可数名词单数 +that。

such... that 的用法有 such +a/an+ 形容词 + 可数名词单数 +that，在这里需要注意的是两者可以随意进行调换，但是需要注意调整冠词的位置；such + 形容词 + 可数名词复数 / 不可数名词 +that。

第六，条件状语从句。

条件状语从句常用的引导词有 if、unless（表示 if not）等，特殊引导词：as/so long as（只要）、only if（只要）、supposing（假如）、on condition that（如果）等。一般来说，条件状语从句常常与虚拟语气结合使用。

第七，让步状语从句。

让步状语从句的常用引导词有 though、although、even if、even though 等，特殊引导词有 as、while（作“虽然”之意将，要用在句首），no matter...（无论）、in spite of the fact that（虽然，尽管）等。让步状语绝对是文学翻译里的经典表达，就像我们虽然穿着简单的衣服，但是如果戴上一块昂贵的手表，那么就会很显露气质。在文学翻译中，表达过于绝对的时候，我们用表示引导让步的引导词的效果会更好。

在进行英译汉的时候，我们也注意到，有些句子后面会经常跟着 although 引导的让步状语从句。

第八，方式状语从句。

方式状语从句常用的引导词有 as、as if、as though 等，特殊引导词有 the way（方式）等。还有一些介词也可以表示方式，如 by、though、 in... way、in... manner（以……的方式）等。

第九，比较状语从句。

比较状语从句常用的引导词有 as、than 等，特殊引导词有 the more...the more...，more than，more...than...，not so much...as... 等。

当文学翻译里面出现 as... as...（和……一样）的时候，其用法和 so... that... 一样，有形容词（短语）、副词（短语）的地方都可以考虑采用该句型。当要在其后加名词（短语）时，more than 翻译成“不仅仅是”；在后面加形容词（短语）时，more than 翻译成“非常”；当在后面加数词时，more than 翻译成“多于，超过，比……多”；后加动词（词组）时，more than 翻译成“不仅仅是”。not so much as 其实等于 not even(甚至不 / 没有)；而 not so much A as B 可翻译成“与其说 B，不如说 A”。

（三）分词作状语

在文学翻译之中，为了使英文翻译更加具备结构美，我们要将状语从句转换成为分词作状语。

例：if winters comes, spring will arrive soon.

改：第一步，如果将状语从句最明显的标志——引导词 if 去掉，那么句子就会出现一个语法错误——逗号连接两个句子。

第二步，既然逗号不能够连接两个句子，那我们可以考虑把前面的句子变成词或词组。在这里只需要改变动词（词组）的词性（即非谓语结构），我们就可以实现这一步：

Winter coming, spring will arrive soon.

第三步，前半句的主语和后半句的主语是否一致，如果一致，分词的主语省略；如果不一致的话，分词的主语保留。就本句话而言，显然前后主语不一致，所以分词的主语保留。

如果分词的主语和主句的主语不一致，这种英语语法现象就叫作独立主格；如果分词的主语和主句的主语一致，这就叫作非谓语结构作状语。

当然不是只有出现状语从句才能够使用分词作状语，只要出现与用逗号连接两个句子类似的情况，我们都可以把那个次要的句子变成分词作状语。

第三节 文章翻译技巧与方法

在学习英语句子的句型和翻译的基本方法之后，现在笔者讲述一下文章，文章是由句子构成。下文是在第二节的基础上做的总结。对于英语文章来说，重点在于长难句分析，也就是说，我们在了解长难句以后，便可以对文章有一个基础的把握。本节的目标是从文章出发。我们需要了解文章之中容易出现的特殊结构，对其所在的句子进行总结以及文章之中长、难句的分析。

一、句子成分

句子的成分包括：句子主干成分，包含、谓语、宾语、表语；句子修饰成分，包含同位语、定语、状语、补语。

主干成分是句子必须具备的，修饰成分可以省略，但是我们需要注意的是，修饰成分可以使得句子显得丰满与美观。当然，充当主语的成分不止一个，但是事实上能够充当主语的成分在多数情况下都是名词（短语），而充当宾语的成分在多数情况下也是名词（短语）。

在文学翻译之中，翻译句子和主动写作是两个完全相反的过程。我们分析长难句时要先把修饰、限定的成分去掉，要寻找句子的主干，而写作则是给基本的句子部分增加修饰成分，也就是说要能够把句子写长写复杂。

当然，每个句子都有不止一种写法。

主干部分：主语、谓语、宾语、表语；

修饰部分：同位语、定语、状语；

能够充当以上句子成分的有：名词（短语）、代词、动词（词组）、形容词（短语）、副词（短语）、介词短语、非谓语结构、从句。

那么，我们可以在上述这些词 / 短语 / 从句中观察其所可以扮演的角色（表 3-2）。

表 3-2　句子之中的词性结构

主语	名词（短语）、代词、非谓语结构、从句
谓语	动词（词组）
宾语	名词（短语）、代词、非谓语结构、从句
表语	名词（短语）、代词、非谓语结构、从句、形容词（短语）、介词短语
同位语	名词（短语）、代词、非谓语结构、从句
定语	名词（短语）、代词、非谓语结构、从句、形容词（短语）、介词短语
状语	副词（短语）、介词短语、非谓语结构、从句

这里需要注意的是，当分词作定语的时候，虽然句子意思表达了被动，但是系动词没有被动形式，所以只能加 ing。

当然，除了谓语只能是动词（词组），其他各个成分的词性都是很灵活的，所以在文学翻译之中，我们不要按照语法来照猫画虎地解析，而是应该更要做到活学活用。这样才可以更好地让文学翻译贴近双语的环境和语境。

这当然也提醒了翻译者们在进行写作的时候，也要避免重复出现同样的语法点。

下面，笔者以 as 为例，近一步体现文学翻译的灵活多样性。

第一，as+ 名词（短语）。此时的 as 是介词，as 后跟名词（短语）时，此结构一般翻译成“作为”；第二，动词（词组）+ 名词（短语）+as。此时的 as 仍然是介词，它的意思取决于前面动词（词组）的意思。一定注意动词（词组）和 as 中间应该有名词（短语），当没有名词（短语）的时候，可能是名词（短语）被放到了其他地方；第三，as 引导定语从句。其实在前面定语部分已经阐释过，as 可以引导修饰整个句子的定语从句，which 也可以，但 which 只能放在所修饰的句子后面，as 则是可前可后；第四，as 引导状语从句。关于该知识点我们在第二节里面已经细致地阐述过了。

二、特殊句式

英语文章中常常会出现一些特殊句式，这些特殊句式会对翻译者造成一系列的干扰。所以在这里，笔者对文章翻译之中容易出现的特殊句式进行讲解。

（一）部分倒装

倒装，顾名思义就是将一句话写成一般疑问句语序，也就是将助动词 be 动词放在主语前面。部分倒装的具体用法有以下几种。

第一，否定词放在句首时用倒装。

例：The public can fail to pay attention to the issue of pollution under no circumstances.

改：Under no circumstance can the public fail to pay attention to the issue of pollution.

第二，so（表肯定），nor/neither（表否定）位于句首，表示承前句子的肯定或否定时候用倒装。

例：America is a democratic nation.Canada is a democratic nation too.

改：America is a democratic nation，and so is Canada.

例：I cannot dance well.My daughter cannot dance either.

改：I cannot dance well,neither can my daughter.

第三，含有 so... that... 结构的句子中，将 so 引导的部分置于句首时用倒装。

例：She looks so gorgeous that she can catch the eye of everyone.

改：So gorgeous does she look that she can catch the eye of everyone.

第四，“only+ 状语”位于句首时用倒装。

例：You can expect to get a promotion only with hard work.

改：Only with hard work can you expect to get a promotion.

第五，as 引导让步状语从句，从句的表语可以放在句首构成倒装。

例：As the drawing seems simple，the meaning behind it is far-reaching.

改：Simple as the drawing seems simple,the meaning behind it is far-reaching.

在这里需要注意的是，as 的倒装只需要把表语提前，不需要把助动词提前。

（二）虚拟语气

当表示与事实相反的或虚假的、难以实现的情况时，用虚拟语气。有时候表示主观愿望、建议或某种强烈情感时，也用虚拟语气。

其实所有的条件句都可以写成虚拟语气。想要将正常的句子写成虚拟语气，我们只需要将已经写好的句子的时态变成为过去时。对于现在和将来的虚拟，主句用“would+do”，从句用一般过去时；当对过去进行虚拟的时候，主句用“could+have done”，从句用过去完成时。在这里需要注意的是，在虚拟语气中，am/is/are 的过去式都是 were, 不用 was。另外，would=could=might。

例：If most of youngsters fails to be confident,the whole society will pay a heavy price.

改：If most of youngsters failed to be confident,the whole society would pay a heavy price.

另外，虚拟语气还有以下几种特殊用法。

第一，下列情况的从句用“should+ 动词原形”表示虚拟，并且 should 可以省略。

以防：in case that、for fear that 等。

命令：order、direct、command 等。

建议：suggest、advise、propose 等。

要求：ask、request、require、demand 等。

必要的 / 紧急的：It is important that...。

第二，以下情况中，从句用过去时表示虚拟。

常见的有两个：would rather 和 It is high time that...。

例：I would rather you happier than I.

第三，针对以下情况，要能够区别对待。

常见的词有：wish、if only（如果……该多好啊）,but for（要不是），or/otherwise（否则），as if/as though（好像）等。

区别对待的意思就是，能够把本来的时态变成相应的过去时，情况类似 if 条件句变虚拟语气。

例：我希望以后能做你的天使来保护你。

译：I hope I will be your angel and protect you.

改：I wish I would be your angel and protect you.

第四，虚拟语的倒装。

If 引导虚拟条件句时，如果从句中有 were/had/should，可以省略 if，用倒装句式“were/had/should+ 主语”。

例：If I were at school again, I would study again.

改：Were I at school again, I would study again.

（三）插入语

插入语是指插在句子中的词语或句子，其位置比较灵活，通常用逗号或破折号隔开，与句子的其他部分之间没有语法上的关系。其作用是对一句话加以解释、说明或总结。插入语有时表示说话人的态度和看法，有时起强调作用，有时是为了引起对方的注意，还可以起到转移话题或说明原因的作用，也可以承上启下，使得语句间的衔接更为紧密。

常用插入语有以下几种。

第一，副词作插入语。

常见的有：undoubtedly、indeed、briefly、similarly 等。

第二，介词短语作插入语。

常见的有：for my part、from my perspective、as a matter of fact 等。

第三，不定式短语作插入语。

常见的有：to be frank、to tell you the truth、to make the matter worse 等。

第四，分句作插入语。

常见的有：as far as I know、you know 等。

第五，现在分词短语作插入语。

常见的有：honestly speaking、generally speaking 等。

在了解完基本的句子结构以及插入语之后，我们接下来要去学习的是关于长、难句分析。在文章之中，想要解读文章，除了单词以外，相对比较重要的是文章之中的长难句。翻译者常常对于简单句有一定了解，但是对于文章中的长难句来说，确实需要仔细斟酌和翻译。

三、长难句解析

我们将采用汉译英和英译汉两种翻译方式来帮助翻译者更好地来品味句子以及翻译的关键。

（一）汉译英

例 1：文化交流不但能促进我们国家经济的发展，而且还能开阔个人的眼界。（倒装）

译：Not only can cultural exchange promote our country's economy, but it also can burden the horizons of individuals.

例 2：如果你要远行，我会掩上所有的窗户，世界上的风景为了所有的眼睛而生，而我只为你。（虚拟 + 倒装）

Were you to go a hiking ,I would close any windows. Although sceneries of the world are for all the eyes,I am the one just for you.

例 3：我累得浑身都没有力气了。（倒装）

译：So tired am I that I have no energy all over.

例 4：对于普通居民来说，保护小区环境，不乱丢垃圾是非常必要的。

译：It is essential that inhabitant protect environment and pick up the rubbish.

例 5：看完北大的宣传片——《星空日记》，我明白其实有时候梦想比苟活更加重要。（要求写成分词作状语）

译：I understand, having seen the advertising video of peke

university— *The journey of star*, that dreams sometimes are more important than ignoble existence.

（二）英译汉

例 1：If, on the other hand, producing more of a commodity results in reducing its cost,this will tend to increase the supply offered by seller-producers, which in turn willlower the price and permit more consumers to buy the product.

译：另一方面，如果大量制造某种商品导致其成本下降，那么这就有可能增加卖方和制造商能提供的供给，而这也就会反过来降低价格并允许更多的消费者购买产品。

例 2：At the same time these computers record which hours are busiest and which employers are the most efficient, allowing personnel and staffing assignments to be made accordingly. And they also identify preferred customers for promotional campaigns.

译：同时这些计算机记录下哪些时间是最忙的，哪些员工工作效率最高，这样就能相应地做出人员人事安排。而且它们（计算机）也能为促销活动找到哪些顾客拥有优先权。

例 3：Numerous other commercial enterprises, from theaters to magazine publishers,from gas and electric utilities to milk processors, bring better and more efficient services to consumers through the use of computers.

译：不计其数的其他商业企业，从剧院到杂志出版商，从公用燃气电力设施到牛奶处理厂，都通过计算机的使用给消费者带来更好、更有效率的服务。

第四章　大学英语教学概述

第一节　大学英语教学发展

随着经济全球化的深入发展和生活信息化的持续推进，外语和外语教学日益显现出它的重要性和特殊性。多年以来，经过数次由上到下和由下到上的教学改革，我国大学英语已逐步发展成为一门相对系统与独立的学科，大学英语教学取得了可喜的成就。

针对我国大学英语有效教学的现状，我们从教学目标、教学内容，教学环境等几个方面探讨大学英语有效教学。

一、大学英语教学目标

高质量的英语教学首先需要在内容目标（content objectives）、语言目标（language objectives）与学习策略目标（learning strategy objectives）三个维度上设定清晰的目标，这样才能让教学设计条理清晰、有的放矢，学生才能在融会贯通、举一反三中构建完整的知识体系。

（一）内容目标（content objectives）

英语老师在课程大纲范围内，选取适合学生的教学内容。英语本身是一门学科，也是一种语言工具，因此英语学习在内容上与其他学科互相联系。有关事实性知识（factual knowledge）与陈述性知识（declarative knowledge）的描述、情感态度的表达以及教育的指向性（disposition）是衡量内容目标是否严谨的重要标准。例如：在涉及自然科学知识时，教师要引导学生客观、准确地进行科学探究；而程序性知识（procedural knowledge）则反映了学生对实用技能的掌握情况，其在内容目标设立中也同样重要。因此，成功的内容目标不局限于课程大纲的知识范畴，而是要将知识与技能相结合。单纯以语言知识为目标的英语教育是不完整的。

（二）语言目标（language objectives）

语言学习的最终目标是听、说、读、写四项语用技能，而学习过程中的语言知识由三部分构成：语言功能、专业词语、特定语法。其中，词语积累与语法知识应该在情境学习中掌握。在有意义的真实语境中（meaningful context），将词语学习嵌入语法教学中可以大大提高学习效率，同时能提高学生的语言运用能力。此外，教师还应当在语言目标设计中有意识地引导学生关注语言的应用场景，比如，区分书面与社交语言，等等。因此，在设定语言目标时，教师不仅要考虑英语的运用（language use），还要注意培养学生的英语思维（language awareness）。

（三）学习策略目标（learning strategy objectives）

学习策略是英语教学中非常重要却又经常被忽视的一个目标。在导入（introducing）、示范（modeling）、练习（practicing）、讨论（discussing）这四个课堂环节中，教师需要在各个环节有意识地设计不同的教学策略。在每次新知识的教授过程中，教师都要给学生提供足够的时间来讨论，并让学生反复演练。学习策略目标应该包含陈述性知识和程序性知识的训练。在陈述性知识的教学中，为了提升学生独立思考及自主学习的能力，教师应着重培养学生的元认知意识（metacognitive awareness）；在程序性知识的学习上，教师需要传授特定的技能来培养学生相应的学习策略，达到教与学相融合，以体现“教”的价值、“学”的意义。

二、大学英语教学内容

大学英语教学主要内容包括听、说、读、写。

（一）听

1. 大学英语课堂适当做一些听写练习

另外一个能提高学生听力的方式就是做一些听写练习，特别是对一些只通过读写方式而非听的方式学习外语的学生来说，他们在认识与分辨发音上存在很大的障碍。通过听写练习，他们可以有很大的收获。比如，材料中如果存在很多同音词，学生就必须更加注意，他们可以通过听写全篇材料的方式去理解这些同音词的意思。这种练习可以使学生在提高听力的同时，加强拼读与写的能力。经常采用这种训练方式会给学生的英语学习带来极大的帮助。当然，听写的材料不宜太长，难度应合适，否则学生会感觉超出了他们的理解范围或者超出了他们的兴趣范围，从而产生厌烦心理甚至排斥心理。所以，选择合适的材料做合适的练习，才能有效地提高学生的听力。

2. 大学英语教师教会学生抓住重点

通常，学生们喜欢把材料里的每个单词都理解清楚。事实上，针对不同的听力材料，在不同的语速下，大部分学生特别是听力能力不是很好的学生，想听懂材料上的每个单词基本上是不可能的。对于这些学生而言，要把每个单词都听清楚并弄懂它的含义，往往可能会顾此失彼，导致学生赶不上听力内容的速度，只能抓住其中的部分意思，甚至有的学生由于过于纠结于某个单词的意思而错过了听力材料的大部分内容，得不偿失。总的来讲，只要学生能把听力材料的重点，即能帮助理解材料的内容听懂并理解就可以了。一般来说，一篇材料里的诸多新单词并不会影响学生理解全篇大意。所以教师应当经常提醒学生要听重点，根据问题留意某些细节就可以了，并教会学生如何抓住听力材料的重点。

3. 营造轻松的大学英语课堂语言学习氛围

良好的语言学习氛围是很重要的。在课堂上，教师应尽量使用简单、易懂的英语来训练学生的听力。一般来说，学生在刚开始训练听力的时候会有一些困难。教师不妨用汉语和一些肢体语言来帮助学生克服困难，然后循序渐进，当学生的听力能力提高后，教师可逐步增加英语的量，直至完全使用英语来授课，这样有利于营造一个轻松的语言学习氛围。同时，也不会因为学生的学习难度过大使学习积极性与自信心受到打击。培养学生的自信心也是英语教学中非常重要的一环，只有自信的学生才能更加轻松地融入第二语言的学习中。

（二）说

大学英语教学之中，英语口语相当重要。所以能够较为熟练地掌握英语口语对于在校大学生来说是十分必要的。

1. 大学英语教师带读英语文章

大学英语教学课堂之中，大学英语教师应该去播放当天的学习内容，从而去培养学生的听力感觉，让学生从英语文章、英语电影里面去感受英语口语的口音等。在对学生进行一定程度的英语听力培养之后，大学英语教师应鼓励学生开口练习。因为对英语口语来说，学生只要能够读出声音，便知道自己的发音是否标准，发音在哪里正确或不正确。

最后，大学英语教师对学生的英语口语问题进行及时改正，从而在大学英语课堂之上培养学生的英语口语能力。

2. 鼓励学生利用碎片化实践加强记忆

大学英语教师除了在课堂上对学生集中进行英语口语教学以外，还应该鼓励和注重培养学生利用碎片化时间去记忆单词。因为英文单词对英语教学来说是大厦之基石。

另一方面，从学生的记忆特点出发，记忆本身会根据时间的推动而衰退，所以学生要有正确的背单词方式，笔者在这里推荐根据艾宾浩斯遗忘曲线的规律来记忆单词或者词组。

在这里提一下艾宾浩斯遗忘曲线：遗忘曲线由德国心理学家艾宾浩斯研究发现，描述了人类大脑对新事物遗忘的规律。人们可以从遗忘曲线中掌握遗忘规律并加以利用，从而提升自我记忆能力。该曲线对人类记忆认知方面的研究产生了重大影响。

根据艾宾浩斯遗忘曲线，大学英语教师要是想要让学生科学合理地记住单词，便需要学生去有效地进行口语复习。

人的记忆周期分为短期记忆和长期记忆两种。

第一个记忆周期是 5 分钟；第二个记忆周期是 30 分钟；第三个记忆周期是 12 小时。以上的三个记忆阶段属于短期记忆的范畴。

接下来便是属于比较重要的周期——长期记忆：第四个记忆周期是 1 天；第五个记忆周期是 2 天；第六个记忆周期是 4 天；第七个记忆周期是 7 天；第八个记忆周期是 15 天。

这作为背词的循环的 8 个复习点，可以最大限度地提高学生背诵单词的效率，从而进一步提升学生的英语口语能力。

3. 大学英语教师营造英语口语情景

在大学英语课堂上，教师提前设置好场景，可以借助于互联网等多种方式，来帮助学生利用虚拟、真实的英语口语对话环境提升英语口语能力。

（三）读

在阅读课教学中渗透阅读策略是英语阅读课的一个重要组成部分。学生上阅读课的目的是获取书面信息，他们阅读效果的好坏，很大程度上取决于阅读策略的选择。

1. 听课文

经过复习和新课导入这两个步骤，学生的上课状态已经达到了比较投入的程度，我们必须利用好学生的这种状态，把这种状态有效地转移到课文上，从而使活跃的课堂温度降下来。这时，教师可以让学生带着问题去听课文，这样可以在保持学生注意力的前提下，专注学习内容。

而且，听力的练习和能力的提高并不是只能依靠集中练习的方法，教师可以在上其他类型的课时，让学生采取听课文的方式，这既可以加深学生对课文的印象，又可以练习其听力，以此达到一箭双雕的效果。并且，从理论上来讲，十个五分钟练习的效果远远比一个五十分钟练习的效果好多。

从教育节奏的角度来说，一堂课必须动与静、张与弛相结合，一味地紧张和兴奋会使学生产生劳累感，降低其学习效率；当然一味地松弛和沉闷会使学生的注意力无法集中。

2. 快速阅读课文

在听了一两遍课文之后，学生应打开课文自己去快速阅读，了解没听懂的地方，无形之中对课文的印象会加深。

快速阅读是非常重要的一环，因为学生在考试之中没有多余的时间来一句一句地分析，而且现在从各种各类考试中我们也可以发现快速阅读越来越受到青睐，所以教师必须不仅在平常的练习和考试中训练学生的快速阅读能力，而且在课堂当中也要潜移默化地培养他们这种阅读能力。

3. 精读课文

精读课文是阅读课的主体，是阅读课的中心任务，但是如何操作好这个步骤一直没有一个定论。有些老师可能仍然在沿用一句一句给学生翻译课文的灌输式教学模式，事无巨细地讲解课文中的语法。似乎只有这样，老师的心才能踏实，才认为学生学到了东西。但这只是最基本的知识目标，对于学生的英语语感，用英语思考的能力，老师认为似乎这都是比较遥远的事情，舍不得给学生锻炼的时间。我们的老师恨不能把自己知道的所有知识都教给学生，恨不能让学生能记住所有课本中甚至课本外的知识，这样反而抹杀了学生学习英语的兴趣，更不用说借助学生的兴趣来提高学习效率了。

4. 英语阅读课课前预习策略

每次阅读课之前，老师应让学生查一下相关内容，让学生对各国文化有一个近距离的接触，让学生画出本课的相关生词。凡是学生可能猜得出的生词，老师应一定要让学生在阅读时去猜，如果猜不出的生词要让学生及时查字典。老师应注意让学生根据文章的关键词以及相关问题来猜测文章内容，以了解某课课文对现实生活的意义。

老师可提前提出能概括全文中心思想的指导性问题使学生领悟阅读的奥妙。学生对不同类型的文章应该采用差别化的预习策略，对于有中心句的文章，要注意找到中心句，要透过中心句来理解全篇文章，要注意结合其他科目的知识来理解文章，如介绍动物的，就要结合生物知识学习。

（四）写

提升写作能力主要分三步走：积累词语、积累素材、构建逻辑。

1. 词语的积累

英语写作最基础的部分就是词语。针对英语基础较薄弱、考试经验较欠缺的同学，不管是听说还是读写，单词的储备都是很必要的，毕竟没有输入就很难有输出。单词的记忆是有技巧的。

看到一个新的单词，学生要首先根据音标将它大声地读出来，然后仔细阅读它的中、英文释义和例句，尽可能地将单词的发音、拼写和含义联系在一起，降低记忆的难度。

每天在记忆新单词的同时，学生还要注意复习旧单词，以滚雪球的方式进行积累。学生要注意用零碎的时间进行少量、多次的单词记忆，尽可能把完整的时间留给之后的真题练习，这样效果会比较好。

这里笔者列举几个学习单词的小技巧。

逻辑记忆是通过单词本身的内部逻辑关系和词与词之间的外部逻辑关系记忆单词。我们把几个字母看作一个来记，如 night、light、fight、night、might、sight、tig；外旧内新，如 bridge 看成 ridge，把 sharp 看成 harp；外新内旧，cleave 分开看成 c+leave。

联想记忆，音与形的联想即根据读音规则记忆单词。方法一，形与义的联想，如单词 eye，把两个 e 看成两个眼。再如 banana，把几个 a 看成一个个的香蕉。又如 bird，把 b 和 d 看成两个翅膀。方法二，象声词联想实际的声音，如 coo，可将其当成咕咕声；方法三，分类记忆，即把单词进行分门别类，如将动物、植物等进行分类记忆，我们可以找一本词语分类方面的书作为参考。方法四卡片记忆，即自己制作单词卡片，我们在卡片写上单词的词形、词性、词义、音标、搭配例句等，随时进行单词记忆。

通过感官记忆记单词时，我们不要只用一种感官，要尽可能地用多个感官，采用耳听、嘴读、手写、眼看、心记等方法。软件记忆是利用电脑手机软件进行单词记忆，如扇贝等；构词记忆是利用构词法，通过分析词根、前缀、后缀、派生和合成等记忆单词；图表记忆是利用形象的图表进行记忆，它的优点是将物、形、意直观地结合到一起，你可以找一本英语图解字典作为参考；同义记忆是将同义词放在一起进行单词记忆，这样可准确理解词义。这时，我们不必注意它们的意义的区别。反义记忆是将反义词放在一起进行单词记忆，扩大词义。对比较记忆来说，英汉比较，如 mama、cigar、beer、bar、fee 等；单复数的比较，如 good 与 goods、spirits 与 spirit、wood 与 woods；同音词的比较，如 center、writer；词的阴阳性的比较，如 actor、actress、host、hostess。

还有就是联系记忆，我们最好不要孤立地记单词，尽可能地和有关的东西联系来记，可以通过所学文章的大概意思联系上下文，联系短语和搭配。

2. 素材的积累

在练习英文写作的时候，我们可以针对每一个主题都搜集一些观点素材，以此在考场上作为回答问题的论点和论据。碰到话题时，我们应该多思考、搜索和积累，这样在下笔时，观点和分论点以及论据就会自然而然地产生了，内容也会变得比较充实。

在阅读 BBC（英国广播公司）时政，经济，环境，社会等方面的文章时，我们应该收集其中的精确表达。《经济学人》这个杂志也不错，但是笔者不推荐《中国日报》（*China Daily*），里面有些表达比较中式。而论证力度，笔者建议先用中文思考论题，然后想中文的论据，看看自己的论据充分与否，最后再用英文表达相同意思（注意是表达，不是翻译）。

3. 逻辑的建构

在英文写作中，建立清晰的逻辑脉络至关重要。以下三个步骤可以帮助大家建构清晰的写作逻辑。

第一，根据主题选择写作架构。

首先，我们要分析写作的主题，并紧扣主题分析应采用对应的写法。然后，我们开始组建文章每一段的脉络。以雅思写作为例，建议分成四段：介绍（introduction），两个主要的段落，以及最后的总结。

举个例子，如果题目是“if you agree or disagree with this view？”或者“discuss both sides and your opinions”，写作的观点就必须贯穿整篇作文，这一点非常重要。

如果支持的观点写一段，不支持的观点写两段，读者就搞不清楚我们的文章到底支持哪一方的观点。

在遇到这种类型的题目时，我们一定要先选择一方。这并不意味着文章要有很强烈的论据，但写作时一定要先选一方观点予以支持然后坚持论述。第二段可以讨论下不支持的观点，然后过渡到第三段（支持的观点）。对于篇幅，两端应该五五开，但是在第二段一定要说清楚（一些人支持这个观点，但是我不支持）。

第二，借助逻辑连接词。

有时候读者难以理解词句和文章的原因是文章缺乏逻辑的连贯性，所以在写作之前花时间做好一个有关内容的构思计划是基础，然后我们运用丰富的语言将观点和主题之间的联系解释清楚。很多文章中作者运用了很高级的词语，但是读者根本看不懂文章的观点以及观点和主题之间的联系。

我们可以每天积累一些连接词，并在写作练习中加以运用，以此提高自己写作表达的逻辑性。下面是一些常用的连接词，供大家参考。

表因果：therefore、thus、because、as a result、so、due to、lead to、consequently。

表让步：nonetheless、nevertheless、albeit、despite、in spite of。

表转折：however、yet、rather than、but、whereas、while、instead

of 、on the contrary、in addition to 、on the other hand、through 、although 、even if 、even through。

表结论：in conclusion、in a word、on the whole、in short、to sum up、in all、in brief。

表递进：not only、but also、furthermore、moreover、then、besides、also、what is more。

第三，运用例子佐证观点。

运用例子可以很好地佐证我们文章中的观点。这里要注意的是，需要举具有相关性的例子，这样才会让读者发现我们的论点是有组织、有拓展的。我们先要有观点，然后解释观点，最后证明观点。文章段落也是这样：观点，诠释，然后例子。通常来说，观点列举得越多，我们越需要更多的例子和信息去解释和证明它。很多时候我们经常做的就是简单地重复自己的观点，尽管阐述的方法不同，但是这并不是真正意义上的拓展观点。而想要拥有自己的观点的方法则是运用细节，这实际上就是举例子。

三、大学英语教学环境

良好的英语教学环境对英语教学的成效有很重要的影响。具有现代化的教学设备，如幻灯机和幻灯片、录音机和磁带、录像放映机和录影带、语言实验室等，以及具有丰富的教学资料，如英语教学参考书、杂志、报纸等的图书馆都为英语教师的教学提供了很大的方便。虽然不是没有它们就不能教英语，但是，如果用好这些设备，将会促进学生更好、更快地掌握知识和技能，从而提高教学效率。①

在这里笔者认为，现阶段的英语环境中，我们要学会以互联网的大环境为依托，采用“互联网＋教育”的方式对大学的英语环境进行再创造。

第一，构建移动学习平台。

---

① 余萍．语言传播视角下英语翻译教学的方法与途径——评《英语文学翻译教学与文化差异处理研究》[J]. 新闻爱好者 ,2020,(12):125-126.

通过学习平台，英语教师可以发布教学任务和提供教学资源。教师在平台之中不但可以将自己的教育资源与学生共享，还可以和同专业教师共享，这样便可以实现教师与学生、教师与教师之间的双循环。

此外，搭建学习移动平台还有一个好处。学生在课上对不理解的问题和难句、难词在学习平台上以留言的方式进行提问，这样教师即便不能够第一时间回答，也可以在之后空闲的时间进行耐心、专业的解答；另一方面，教师也可以在学习平台上针对自身的课堂环境，让学生提出改进意见和改进方式，这样便可以让之后的大学英语文化翻译课堂教学情况不断地得到改善，转化固化僵硬的教学模式。

第二，合理应用微课教学。

我们利用互联网技术、录像技术将英语教学录入校园网络中。微课中包括英语课程中的难点、重点，尤其一些重要的内容，以小视频的形式放到校园网上。有些学生的学习能力、领悟力有限，需要课外学习、复习，需要有专业的课件指导，以此提升自身的英语知识储备量、口语水平。这打破了传统机械式的学习模式，以微课、网络课件的方式，为学生提供更多的学习机会，通过互联网，为学生营造全方位的英语学习环境，促进了大学学生英语水平的提升。

第三，泛在学习英语教学环境。

泛在学习强调的是可以无时无刻地进行学习，这样便可以让学生进入沉浸式的学习环境。我们可以采取当下学生较为喜欢的小视频方式，将其放在校园网上面供学生去不断地学习。这样可以促进学生的自主学习意识，进而能够让学生自己在课下去提升自身的英语文化翻译水平。通过自主阅读和学习相关资源来开阔学生的视野，这些都是通过“互联网 +”的平台实现的。

第二节 大学英语教学中的文化认知差异教学

随着全球化的不断发展，人们对时空的观念产生了深刻的变化，由工业革命时期人们习惯于工厂制度而诞生的以时间作为生活的刻度线，再到现在的时空并行的感知。同样，文化全球化成为如今文化发展的代名词。在全球化的大背景下，国家与国家之间，个体与个体之间的跨文化交际活动也日渐频繁。这样的跨文化发展的交际活动势必会涉及语言层面，外国文化以及多种因素同中国文化元素相碰撞。这也就要求我们要在大学英语教学之中能够充分认识跨文化交际教育活动，我们应该用跨文化视角来对待大学英语的教学。①

大学英语教学便是在不同文化背景下进行教学，在这样的一个跨文化的交际活动之中，英语教学不仅涉及语言层面，而且还更多地涉及文化以及相关文化元素与学习者本身固有思想的冲击。文化认知是跨文化交际的起点，没有文化认知也就不会存在成功地跨文化交际和成功的英语教学。文化认知的程度对交际者的跨文化交际能力有重要的影响。

一、与英语词汇相关的文化认知大学英语教学

文化的载体是语言，语言成为一种特殊的文化现象。每一个民族的语言都是民族文化的一面镜子，可以反映出其所凝结的社会文化秩序，英语语言同样也是如此。这是其所代表的社会群体共同形成的，是可以

① 张松竹 . 英语教学中文学翻译策略探析——评《文学翻译与大学英语教学》[J]. 中国高校科技 ,2021,(10):105-106.

被其他文化背景的人们学习的。而在英语语言的发展过程之中，词汇便是语言系统里面中最能体现文化的一个部分，不同的文化赋予其词汇特有的含义，词汇可以被看作其背后社会文化背景所形成的文化符号。

在大学英语教学之中，我们首先要学习的便是英语词汇，学习其本身意义、延伸意义、词性，等等。通过广泛学习和深入了解，我们才能够了解英语词汇后面的文化内涵。

在不同的文化背景之下，约定俗成，词汇也会因为目的语与母语的文化背景不同而产生不同，从英语词汇的内涵意义来说，不同的文化背景也会导致出现特定的文化意义或者意蕴。

在大学英语教学之中，最常出现的是学生对英语单词不了解而无法理解文化含义，此教学现象是跨文化认知交际之中不同的社会文化秩序相互碰撞与冲突的结果，这常常会产生误解和差异。所以在教学之中，在指导对英语文化不是特别了解的学生时候，教师就要避免使用学生特别不好理解的词语，做到删繁重简。

与此同时，大学英语教师也应该不断地了解英语国家的习语甚至是俚语，这样可以减少教学之中的失误，从而还可以提升大学英语教学课堂的教学质量。如 take in 的意思有以下多种：收留，收容（尤指无家可归者或逃难者）；（警察）带走，抓走；欺骗；使上当；理解；领会；领悟；（一下子）看清，看明白；观看；欣赏；参观；（人、动物或植物）摄入，吸收；将（衣物）改小；（商店、饭店、剧院等商业机构）收入，进账等。其在不同的英语句子之中有不同的理解。

二、大学英语环境相关的文化认知教学

英语学习是一种跨文化交际，也可以被当作一种社会行为。因为英语语言总是会在一定的社会环境之中，所以英语词汇文化的认知是物质条件。学生在学习英语词汇之后，要学会如何使用，要让其在英语环境之中发挥作用。

英语教学环境是构成大学英语教学的诸多重要因素之一。中国语言

和英语语言文化中的交际依赖于文化本身所处的文化秩序所形成的交际环境。这里所说的交际环境包括具体的大学英语课堂学习与学生日常的英语交流。这些都会受环境情景、对话者角色关系、对话者人际关系等因素的影响。

就具体的大学英语课堂学习来说，教师和学生共同处于教学情境之中。教师需要让学生在进入情景之前，了解该对话的教学情境，并且还要提前了解所需要的英语知识。这样，在教师的引导下，学生对交际环境认识越深刻、敏感性越强，对英语教学目的的了解也就越深入，从而实现英语课堂学习的高效性。

三、与语用相关的文化认知的大学英语教学

英语语言的学习与使用要随着英语课堂所规定的英语交际环境的变换而去不断地变换，这就是在考验大学英语教师对英语交际环境的使用。教师应该让学生在了解相应的交际环境之后，去了解其相应的变化的语用。在跨文化言语交际之中，学生不但要掌握言语表达方式及其功能，还要重视英语语句的社交指示信息与英语语用范围。这样会减少语用失误，从而会提高英语教学课堂的学习效率。

众所周知，不同的文化会产生不同的文化秩序，从而产生不用的语言语用行为。对于一种文化规约，学生英语的言语交际从课堂辐射到社会实际应用题之中，其实代表一种社会现象和行为。大学英语教师要在课堂教学之中能够使学生基本了解英语所属的社会交际规则。从英语常用的问候语、致谢语，到深层的英语文化思想交流，当然在中国文化秩序下的学生有属于我国自身的文化属性，所以英语学习是一种文化认知差异的交流。因此，学生更要了解不同英语文化特征及其不同地域的人的人生观和价值观。

这也就要求英语教师要让学生正确识别和理解英语文化的行为功能。学生要了解其文化内涵历史，要学会将自己代入原英语使用者的文化角度去体会和认识事物，要了解基本词汇与语序文化秩序。这样，学生在英语学习之中才能够学会运用适当的语用策略，以此提高社会实际

的英语对话成功率。

例如在中英文化环境背景下，学生要了解道歉、委婉、谦虚等语用规则的不同之处，以此实现英语课堂的教师和学生沟通之中组织信息的方式，实现课堂英语教学交际环境之中的会话。当然，如果在英语交际过程不考虑时间和空间，不看对象，不顾交际双方的身份、地位、场合等，这些违背特有的文化价值观念的行为，会使得交际行为中断或者失败，从而导致交际不能够取得预期效果，或者是达不到完美的英语交际效果。

四、与英语非语言交际有关的文化认知对大学英语教学的影响

笔者将那些不通过语言就能传达意义的行为与特征界定为非语言交际。非语言行为是一种强有力的沟通方式，它具有普遍性、关系性与文化制约性等特点。虽然部分非语言信息具有普遍性，可以充当文化间或者国际间的沟通语言，但是大部分非语言信息仍然会受到文化制约。因为文化差异，一个非语言信息在不同的时空下，会有不同的意义。这样的文化制约性就会使非语言信息在不同的时空下产生不同的意义。

其实，部分大学英语教学课堂对非语言交际不是很重视，所以英语教师要解一定的非语言交际，从而在课堂上进行适度引导，让学生能够通过非语言交际的方式去了解英语教学认知差异。重点培养学生在英语学习之中的敏锐力与解读能力，这样便可以让学生减少在英语使用之中的跨文化的误解，不仅仅是在交际之中，还有在词语、句法的运用方面。

第三节 大学英语教学中的文化翻译教学

在文学翻译教学的开始，教师首先应该让学生明白，虽然文学翻译自身的特点很突出，但是前提仍然是翻译。因此，关于翻译的一般技巧是需要被掌握的，切不可不学翻译技巧就开始盲目练习，舍本逐末。学生一开始就要认认真真学习翻译的基本技巧，要做到能在适当的情况下运用增译、省译、有灵主语与无灵主语的转换等翻译技巧，同时熟练掌握中英之间的九大差异，从而为后期的翻译练习奠定基础，最重要的在于翻译技巧入门、吸收翻译知识和思考翻译技巧的适用情况，无须大量练习，每次课后找两至三个相对应的例子进行巩固练习，做到加深印象即可。同时学生每天需要不断复盘之前学过的知识。

比如说可以这样做总结：英语是静态的语言，也称为屈折语，包括动词屈折变化和形态变化等。而名词较动词更加稳定，表示的是一种状态，有表达优势，因此英文善用静态化的词。但是中文却是动态的语言，也称为非屈折语，没有动词形态的变化，动词常用于连接句子间的逻辑关系，所以动词在中文里是很多见的，并且能够被灵活使用。例子："He hit me with a stone." 翻译成中文是"他用石头砸我"，在这里，静态的英文介词"with"就被处理成了动态的中文动词"用"。

在掌握了翻译的基本知识以后，学生接下来需要将翻译知识运用到实际的翻译当中。教师应该推荐学生一篇文章，让学生在理解的基础上选几段进行翻译练习，然后让学生把参考译文中一些好的表达和词句记在一个小本本上，比如说一些形容词和具有文化特色的表达。

在翻译的时候，学生一定要有意识地去用翻译手法，比如定语从句八前九后，插入语提前翻，动词的分配，等等，最好还要准备一个本子，将一些总是出错，或者觉得别人翻译得很好的地方记下来，随时拿出来复习，到后期一定要多看自己总结的笔记。学生同时还要多思考，为什么好的译文是这样翻译的？用到了什么翻译技巧？然后对比自己的译文，思考自己在翻译的过程中又是怎么想的，自己用到了什么翻译技巧，有对比才会有进步。

"喜欢夜街头憧憧的人影。喜欢空寂的屋里荧然的孤灯。喜欢凉凉秋夜唳空的过雁。"这句话对应的译文是"I love the shadows of people strolling in the streets, the lone lamp shimmering in the deserted house, and the shriek of wild geese gliding past on the cool autumn night."在这里，"strolling in the streets、shimmering in the deserted house、gliding past on the cool autumn nigh"是非谓语成分，分别是 people、lamp、geese 的后置修饰语，三个对仗使得译文流畅、一气呵成且符合英文精简的特点，下次遇到多项举例的时候自己要有意识地采用此类翻译方法。

同时，教师应该帮助学生积累同一个词的多种不同表达，比如说这里的"喜欢"，除了译文的"love"以外，还可以使用如下句型：

l have a + adj + affection for…

l have a fondness for...

l worship/cherish/enjoy/adore/

l have a liking for…

l …become one's love

文学翻译需要的不仅仅是翻译技巧，语感和语言功底也很重要。有时候，语言底蕴不是通过上几节网课、做一些翻译就能提升的，需要长年累月的积累。无论是英文还是中文，输入得多了才能有输出，所以除了一些学习技巧，如上网课、做练习之外，最重要的是多读文学作品。多读书，体会语言在不同文体和风格之间的变化，多多积累表达。①

教师还需要让学生做到不断地复盘，同时又不断地学习新知识。首

① 余萍．语言传播视角下英语翻译教学的方法与途径——评《英语文学翻译教学与文化差异处理研究》[J]. 新闻爱好者 ,2020,(12):125-126.

先，学生要保持日常的阅读和思考习惯，包括英文资料和中文典籍，保持良好的语感和读书的敏锐度；其次，要不断地积累自己练习过的或者是遇见的好的表达，包括词法、句法、意法等，不断地扩大自己的知识储备；再者，要不断地复盘自己翻译过的练习，每隔一段时间重新翻译，然后对比上一次的译文，从而了解自己是否有进步，切不可练习完就把资料丢在一旁不再翻阅；最后，在不断复盘的时候，学生也要不断地进行新的练习和积累，做到温故知新。

第一次翻译“怎么会”的时候，用了“how can”，后来经过学习和积累发现“how could”更能表达这种带有惊讶、无法相信的感情色彩，于是之后遇见“怎么会，怎能，怎么能够，怎么可能”的类似表达时，我通通采用“how could”进行翻译。例如：“他们怎么可以这样对我？”会翻译成“How could they have done this to me?”

教师应该在课堂上列举一些经典作品，和学生一起分析，进而在课堂上提升学生的文学翻译的水平。下面我们举一个经典作品的例子。

燕子去了，有再来的时候；杨柳枯了，有再青的时候；桃花谢了，有再开的时候。但是，聪明的，你告诉我，我们的日子为什么一去不复返呢？——是有人偷了他们罢：那是谁？又藏在何处呢？是他们自己逃走了罢：现在又到了哪里呢？

我不知道他们给了我多少日子；但我的手确乎是渐渐空虚了。在默默里算着，八千多日子已经从我手中溜去；像针尖上一滴水滴在大海里，我的日子滴在时间的流里，没有声音，也没有影子。我不禁头涔涔而泪潸潸了。

——朱自清《匆匆》

张培基先生的译文：

If swallows go away, they will come back again. If willows wither, they will turn green again. If peaches shed their blossoms, they will flower again. But, tell me. you the wise, why should our days go by never to return? Perhaps they have been stolen by someone. But who could it be and where could he hide them? Perhaps they have just run away by themselves. But where could they be at the present moment?

I don’t know how many days I am entitled to altogether but my quota of them is undoubtedly wearing away. Counting up silently, I find that more than 8,000 days have already slipped away through my fingers. Like a drop of water falling off a needle point into the ocean, my days are quietly dripping into the stream of time without leaving a trace. At the thought of this. Sweat oozes from my forehead and tears trickle down my cheeks.

逐句精解：

标题：“匆匆”译作 Transient Days，其用意是什么呢？其实，“匆匆，匆忙”用在不同语境中，有不同的译法。译作动词匆匆离去 hurry off；译作介词短语来去匆匆时为 come and go in haste，译为行色匆匆时为 be in a hurry to set out；译作形容词：匆匆过客 hurrying passers-by；译作副词匆忙起床时为 hurriedly get up；根据语境，作者是在慨叹时间流逝的飞快，故可以用形容词“飞快的日子”作标题。故译为 Transient Days。其中 transient 意为 lasting only for a short time，表示“短暂的，转瞬即逝的”。

第一段：

开头三句话句式整齐一致，可以处理为 if 引导的条件状语从句 + 主句；受雪莱名句启发：“If winter comes, can spring be far behind？”

“去了”和“再来”是一对反义词，分别处理为 go away 和 come back。

杨柳在中文中有两种含义，一指杨树和柳树，即 poplar and willow；有时仅指柳树，willow。其在本文中取后者。

“枯”这个词可处理为动词枯萎 wither，作形容词时为 withered。

“青”一词在该语境下作动词，意为“变绿”，用 turn green 表示这种变化。此外，“青”这种颜色不指绿色，在不同语境下可以将其理解为不同颜色，译为“黑色”。把某人打得青一块紫一块为 beat sb. black and blue；青丝为 black hair，译为“蓝色”，青出于蓝为 Blue is extracted from the indigo plant。

“谢”在此处指“凋谢”，一般可译为 wither and fall，wither and

die。此处作者译为 shed one’s blossoms，花朵脱落。

“开，开花”，可用动词 bloom，blossom，flower。

聪明的，你告诉我：该句式可处理为祈使句式，并把对象处理为“聪明的你”，聪明的你处理为 you + the adj. 的同位语。英文中同位语的例子不胜枚举，如，You naughty boy!

我们的日子为什么……呢？该问句用 should 代替 do 来加强语气，表示“竟然，居然”，意料之外的语气。

一去不复返：一去指时间流逝，在该语境中，“流逝”一词可用动词 pass，elapse，或者动词词组 go by，tick away，名词形式一般用“passage”。“不复返”表示令人意外的结果，故用不定式 never to return。

是有人偷了他们罢？大家可能会翻译为 Perhaps someone have stolen them。这句张培基先生译为了被动语态，可以更自然地与之后的“那是谁”衔接。

增译连词 but，加强逻辑；逃走为 run away；现在是 at the present moment，at present, now。

第二段：

日子一词在英文中一般有四种表达：date，day，time 和 life，在此处选用 day 和 timc 合适，但用 day 最佳。因为其后的 quota（定额）常与名词复数连用。“寿命的预期数额”也可用 my alloted span，span 表示生命周期，寿命。

他们给了我多少日子：这句中实施者因为不确定，所以最好处理成被动句，并省译实施者。be entitled to:be given the legal right to receive sth，表示“享有……的权利”，后接名词或动词原形。

altogether 为增译，表示总共 in total；确乎是，在这里为副词，really，undoubtedly，indeed 都可以表示这个含义。

空虚一词在不同语境下译法不同，若形容内容空洞，可用形容词 hollow；若形容力量薄弱，精神不充实，可用 adv. + adj./v，如精神空虚 be spiritually empty，兵力空虚 weakly defended military forces，但这句话中，空虚是“时间飞逝”的另一种表达。而 wear away 这一地道表达确有该意思，用在文学文本中，表示（时间）逝去，如“Winter is wearing away and everything will be alive again”。

在笔者看来，第一句话可以用连词 as 或 when 引导，毕竟两个句子的动作可以说是同时发生，也可像张培基先生一样译作非谓语结构，但这里易出错——逻辑主语和主语须统一，即（我）在默默里算 +（我发现）日子溜走。算（时间的流逝）,count up 表示“合计”；从手中溜走，slip away through one’s fingers；一滴水：a drop of water；drip 表示滴下；没有声音，也没有影子合译为 without leaving a trace，即没有留下任何痕迹；逻辑衔接面方，增译“一想到这”，让行文逻辑更连贯。

涔涔形容出汗，可用人称和物称两种译法。采用人称法可译为 sb. is dripping with sweat；采用物称法可译为 sweat oozes from sth./sb. ooze 表示渗出。潸潸指泪流不止 tears trickle，trickle 表示小股流淌，trickle down 表示沿着……滴下。

第五章　大学英语文化翻译教学模式

第一节　中国英语文化翻译教学现状

随着国际化的不断发展，国家与国家之间的交流日益增多，因而翻译的需求也与日俱增。然而受到翻译的大背景影响，当前的外语翻译教育教学面临的教育压力已经成为当前教育界与翻译界关注的焦点。

语言是文化的载体，大学文化翻译最终的目的是实现跨文化交际。跨文化交际的重要途径便是翻译，故学生的翻译能力在大学教学之中的重要性越来越受到重视。

当前的英语文化翻译面临的主要问题有以下两点，首先是对一些翻译之中的“小词”“小句”的处理不是很恰当；其次教师在英语文化翻译之中过度依赖翻译理论，忽视学生综合素质的培养。

现在，我国的翻译专业技术人员的数量现已达到6万，另有数十万人以不同形式从事翻译工作。中国虽是“翻译大国”，却远称不上“翻译强国”。

因此在大学英语文化翻译之中，我们要从以下几个方面入手：

第一，大学教师在学生进行英语文化翻译之初，便要对学生的态度问题进行指正，要培养学生对英语文化翻译的端正态度。从进入大学开始，学生就要从内心深刻地认识到，对于英语文化翻译来说，培养敬畏之心的重要性。这样便可以在以后学习的时候，培养出不怕吃苦的习惯。

第二，大学英语文化翻译教师本身应该将自身的格局与视野打开，秉承“以学生为本”，以服务学生的观念来从事翻译教育教学工作，要向学生传授翻译的文化观，引导学生形成积极、理性的学习动机。翻译者绝不是为翻译而翻译，而是要把优秀的科学技术及先进的文化成果高质量地互译，是为了更好地促进中外文化、科学技术的交流。大学英语文化翻译教师要在实际的教学活动中强化对词、句子翻译策略和技巧训练的同时，注重培养学生严谨和细致的翻译态度，保证翻译工作的严肃性和高水准，要让他们时刻谨记：翻译之中，大处须用心，小处亦不可随意。尤为重要的是要注重强化学生对原文相关背景、文化知识、信息的重视和理解，促进学生形成新的良好的学习习惯，使其养成在特定的语境中有针对性地理解和处理文字的习惯。

第二节　国内外大学英语文化翻译教学模式

一、国内大学英语文化翻译教学模式

国内目前采用的是双语教学模式、全英文教学模式等，故笔者在这里主要介绍一下这两种。[①]

（一）双语教学模式

英语使用名词的概率要比汉语高，汉语使用动词的概率要比英语高。名词（英）与动词（汉）的互相转换是最常见的翻译方法，也是国内英语文化翻译教学模式中译者首先要掌握的。

双语教学 (bilingual instruction) 是指以两种以上语言作为教学媒介的教学，其中一种语言并不一定是学生的母语。其目标是让学生充分地、平衡地掌握两种语言，或者促使学生学习和使用第二种语言。

第一，学校使用一种不是学生在家使用的语言进行教学。这种模式被称为“浸入型双语教学”。

第二，学生刚进入学校时使用本国语，然后逐渐逐渐使用第二语言

① 周弘．新时期高校英语文学翻译教学现状及其对策研究[J]. 作家天地,2020,(22):5−6.

进行部分学科的教学，对于其他学科仍使用母语教学。这种模式被称为保持型双语教学。

第三，学生进入学校以后部分或全部使用母语。

简言之，“双语”和“双语教学”的界定是：将学生的外语或第二语言，通过教学和环境，经过若干阶段的训练，使之能代替或接近母语的表达水平。例如，加拿大魁北克省同时使用法语和英语，并以法语为其官方语言。

（二）全英文教学模式

全英文教学模式利用多学科课程设置优势，在向学生大量输入英语的同时，要求学生全方位、全时间段地只能使用英语、并为学生营造的全英语环境。这要求学生随时学习到并使用英语，学生要在短时间内形成目标语言的思维习惯，以此达到灵活运用英语语言的目的。

“全英语浸泡式”教学模式获得高成功率，并得到了国内高校的瞩目。清华大学、北京第二外国语学院和烟台大学等高等院校相继与韦氏英语教育（WECL）合作，推广 WECL“全英语浸泡式”教学模式。

通过课堂英语教学、情境模拟与生活实践，该模式借助多学科的知识结构，即通过语法词汇、句式结构、风土人情、跨国文化、国家地理等的学习，全面提升学生英语听说读写四个技能的水平。该模式在学生学习的过程中始终提倡在练习与实践中让学生学习英语沟通技能，结合学生衣食住行、生活起居与思想成长轨迹，锻炼与提升学生运用英语思维的能力，以此达到让学生自如地使用英语沟通的过程。

二、国外大学英语文化翻译教学模式

以英国为例，英国的班级教学实行小班制，每个班 20 人左右。桌椅往往是精选的可移动桌椅，这样的硬件设置很可以按照不同课堂的需求而“变阵”，满足小组讨论等课堂教学模式的需求。这可以大大提升教师与学生、学生与学生之间的互动交流的效率，让学生真正参与其中，让学生在参与的过程中思考、学习、质问、解疑。

这种设置本身也是国际课程理念“协作式学习”“探究式学习”等

理念的外化表现。我观察过很多优秀的国际老师的课堂，他们的教师很少演“独角戏”，一节课下来，无论是 45 分钟还是 75 分钟，从如何更好地引入课堂（结合学生的理解能力和阅历、特点），到师生互动环节、学生互动环节、动手 / 口头 / 展示环节，再到适当的小结、升华，所有的教学设计讲究的是结合每个同学的实际情况、提升学习参与度、让学生真正体验价值观的塑造。其中最重要的一点是 Critical Thinking（即“批判性思维”）和 Evidence-based learning（即“循证学习”或“基于证据的学习”）。前者鼓励和培养学生大胆质疑的能力，一位有实力的老师从不怕被学生们 challenge（挑战 / 质疑），恰恰相反，老师会引导学生学会用合适的方式去不断质疑，多听、多看、多对比、多研究，不要盲目相信所谓的权威学说。后者与前者并不是割裂的。当你要质疑 / 挑战的时候，你需要就具体的要点进行质疑，并且要拿出你的证据来，而不是无理取闹。例如，写作和 presentation（展现），国际学校课程要求学生必须要有足够的证据支撑，也就是所谓的 Evidence-based。基于证据，学生要敢于质疑，慢慢地自然能够养成不唯上、只唯实的独立思考习惯和形成创新思维。

此外，国际学校的教学还强调 pastoral care（教牧关怀），即在关注教学内容的有效落实之外，教师要注重给予学生足够的精神、心理、甚至信仰层面的支持，给每一位学生真正的尊重，致力把每一位学生培养成真正的人才。

第三节　英语文化翻译教学新模式

一、第一阶段

刚开始上课的时候，课程基本都是中文的翻译课。但是翻译专用词和常用词用英文时，老师会主动给出中文意思。每次给到中文意思时，学生都会重复多念几遍英文。老师鼓励学生回答问题，允许学生用中文回答，但是当他们用中文说到需要翻译的专用词的时候，老师要能够接上英文。大多数时候，当老师念了英文，学生会主动把英文单词放到中文的句子中。复习的时候如果学生不主动问，老师就用英文直接带过。如果学生主动问“刚刚提到的这个单词什么意思”，老师要告诉他们，单词的意思，这样，在课堂上回答问题时，学生就能够自然地用到英文的专业词，虽然他们还是讲中文。认真上课的学生基本上都会不知不觉地用英文单词。

二、第二阶段

在这个阶段，老师要用中文来解释学科词汇，但是有时是不给直接的中文意思的，而是给书上对应英文概念的翻译。如果学生有不理解的地方，老师会放慢速度。这个过程虽然缓慢，但是在一直进行，并没有停滞。

三、第三阶段

结合英语国外教学模式，老师采用学员讨论班、陈述展示的方式来促进学生在课堂上的沉浸式学习。

（一）学员讨论班

讨论班的课时一般是 45 分钟，人数在 10~20。引领讨论的人有时是教授，有时是同一专业的在读博士生。

这种课在形式上比较轻松、随意，老师会在刚上课的时候设定一个讨论的课题，然后三到四人组成一个小组，小组就老师提出的问题进行讨论。

讨论过后，老师会听每一个小组的讨论结果，小组选派一名或多名成员进行自我陈述（presentation），老师会根据讨论过程中学生的表现和结果给出评价。这种授课方式可以让学生巩固课程中所学到的内容。

（二）陈述展示

陈述展示课就是一个人或多个人走上讲台，利用自己制作的信息板或 ppt 就某一课题做陈述，一般时长在 10~20 分钟，结束后老师和在座的同学都可以提问。这项技能在同学们今后的工作中尤为重要，如当你所在的公司想要发布的产品或提出的计划得到董事会认可时，你的自我陈述能力便会直接影响大家的工作成果。因此，各位同学在读书期间要培养自己具备清晰的思路、落落大方的举止、明朗的表达方式。

第六章　文学翻译与大学英语教学人才培养

第一节 文学翻译与大学英语教学教师培养

提高文学翻译的水平与大学英语教学教师的培养，在现在的文学翻译教育界显得尤为重要。因此笔者认为要想提高教师的专业素质，需要从教师资质与文学翻译教师的自身特性两点来说。[①]

一、教师资质

大学在进行英语文学翻译教师的招聘时候，要严格按照教师的教学水平、个人素质以及教师的文学翻译水平来进行多维度综合分析。此外，在教师的发展和培养上，学校也应该对青年文学翻译教师进行“以老带新”的帮扶，应给予学校相关政策和物质等条件的支持。

众所周知，文学翻译是份苦差事，文学翻译教师要经过该领域的深耕之后，才能够取得一定的成果。所以，对于一名文学翻译教师来说，其水平高不高，一看其所获得荣誉，二看其自身的能力。对于教师能力的评价，学校可以在招聘教师之前，以笔试、面试的形式来进行筛选，其所获荣誉也可以作为对其的一个加分项。

学校对教师资质的把关有利于学校今后的文学翻译专业的发展，有利于培养出更多喜爱文学翻译的学生，将增强学生的实际业务能力，所以对学校、学生来说，对教师资质的把关便显得尤为重要。

对于文学翻译教师来说，更重要的是在上课环节他是否能够认真备好课，上课的时候他能否让学生真正学到东西，以及他能否在课后反思自己上课时候的优势和不足，从中吸取教训，以此更好地在课堂

① 高慧贤，杨青，王浩勇．口语体文学英汉翻译与翻译教学探析——以张友松版《傻瓜威尔逊》汉译本为例 [J]. 黑龙江教师发展学院学报，2021,40(12):129-132.

发挥教书育人的价值。

二、文学翻译教师的自身特性

文学翻译教师不同于传统的英语教师。一般来说，英语教师的目的是教会学生如何背单词，如何掌握语法。但是对于文学翻译教师来说，最关键的便是要让学生去在文学翻译之中，感受双语转化过程之中的语言美。

对文学翻译教师自身来说，首先需要有过硬的英语基本功。一篇好的翻译作品需要译者在单词、语法方面做到最好。一名文学翻译老师不应该止步于获得资质，而是要能够去持续不断地学习。

文学翻译类似文本艺术的欣赏，在两种元语言之间来回切换，我们会感受到语言与语言在转换过程中的美好，这是一种品鉴。这就像是本土人去解读一件来自异域的艺术品一样，其关键不是如何将其解释出来，而是在解释的过程之中，不断地深化认知，感悟外国的文学艺术品之美。这点是相当重要的。

不为解释而解释，文学翻译教师应该追求的是对文本翻译解释的过程，了解相关单词、句法应该如何使用，一个单词在相应语境下如何使句子文从字顺。这既能反映出了一种教师的艺术功底，也展现出来了扎实的基本功。

另外，文学翻译教师要去做一名在文学造诣上有深厚功底的教师。这点便是文学翻译出来的作品能否达到“语言的诗性”的关键。

同样一篇文学作品，有的人可能将诗歌翻译成如水一样平淡的文章，有的人却可以将这篇诗歌翻译成“诗歌”，两者的差异仅仅是语言的不同。

翻译成为如水一样平淡作品的人显然是缺乏灵韵的。语言的灵韵不是先天生成，而是经过后天不断地在语言方面下功夫，敲打磨炼出来的。这是需要在翻译上下大功夫的，同时，这也说明一名想赋予文章灵韵的文学翻译教师需要不断地扩大自己的知识面，努力向文学翻译的高峰攀爬。

文学修养或者上文所说的文学知识面的扩大并非是一日之功，需要多看，多读，多思考。作者写出来的一篇文学作品可能是几十年的工夫，也可能是一个瞬间的灵感。无论时间长短，重要的是文学作品都会呈现出一个人的思想价值。

而作者的思想价值与他生长的社会环境以及其自身的经历息息相关。所以想要通过文本来深刻地将这样的思想剖析出来，翻译教师需要做到全面考察。

文学翻译教师在讲课的时候，不仅能够将文学作品拿出来，与同学们一起讨论。他更应该全面分析作者，从作者写出此作品的年代，甚至对文本当时的整个大环境进行考察。在文学翻译的前期准备之中，他准备得越多，越细致，便会对整个文本进行翻译的时候更加得心应手。

这同样也引出了文学翻译教师的另一特性，文学翻译教师先要把握文章的主旨，接着再往下进行深挖，而后能够回到文本之中，通过句与词之间的关系将翻译后的文学进行艺术化处理。

文学翻译教师需要具有"文本大局观"，全面分析整个文本，再从小处切口，这就像张飞绣花一样——粗中有细。

下面，我们分析一段话：

Aureliano, had never been more lucid in any act of his life as when he forgot about his dead ones and the pain of his dead ones and nailed up the doors and windows again with Fernanda's crossed boards so as not to be disturbed by any temptations of the world, for he knew then that his fate was written in Melquíades' parchments.

这是马尔克斯《百年孤独》的里面的一个节选。其译文为：

在自己的一生中，奥雷连诺·布恩蒂亚的行为从来不像这天早晨如此理智：他忘记了死去的亲人，忘记了对死者的悲痛，重新把菲兰达的那些木十字架钉在所有的门窗上，不让人世间的任何一种诱惑扰乱他。奥雷连诺·布恩蒂亚已经知道，梅尔加德斯的羊皮纸手稿也指明了他的命运。

这段话，其实是一句话。英文的小说很常见的便是一大段话成为一段。这不像中国的段落。我们会发现本句话的主语是 Aureliano，动词是 lucid，主句是“Aureliano, had never been more lucid in any act of his life”。直接翻译的结果便是“奥雷连诺·布恩蒂亚从来没有更加地清醒在他一生之中的任何时候”，这样翻译的结果从单词与汉语的对应关系来说是没有问题的。但是，翻译的结果并不符合中国人的阅读习惯。这时候，我们需要提前翻译时间状语，也就是：在他的一生之中，奥雷连诺·布恩蒂亚的行为从来不像这天早晨如此理智。这句话里并没有早晨这个词语，但是翻译的时候却出现了，因为这句话的上文里提到：“When he awoke, after a dull and brief sleep, Aureliano recovered the awareness of his headache. He opened his eyes and remembered the child”，这段话表明主人公在清晨醒来。

所以教师翻译的大局观首先便是能够通过上下文进行分析。

继续回到本文所提供的范例，我们会发现主句之后，后面跟着很长一个状语从句“as when he forgot about his dead ones and the pain of his dead ones and nailed up the doors and windows again with Fernanda’s crossed boards so as not to be disturbed by any temptations of the world, for he knew then that his fate was written in Melquíades' parchments”。

as when 引导的是一个时间状语从句，意思是，当……的时候。后面的一个并列句便是时候的体现，即“he forgot about his dead ones and the pain of his dead ones”。

接着后面的句子和前面的主语保持一致，“nailed up the doors and windows again with Fernanda’s crossed boards so as not to be disturbed by any temptations of the world, for he knew then that his fate was written in Melquíades' parchments.”翻译为重新将菲兰达的木十字架钉在了窗户上，很显然这是理智之后去做的事情，是让他变得理智的诱因。

主人公做上述举动的目的是：“so as not to be disturbed by any temptations of the world”。这句话表明主人公将菲兰达的木十字架钉在窗户上的原因是为了能够不让世界上的任何一种诱惑扰乱他。

要注意的是，这里用了一个由 by 引导的被动时态，这表明主人公不被谁引导。但是被字句在中文的汉语里面不常见，所以便将被字句改成了陈述句。

最　后，“for he knew then that his fate was written in Melquíades' parchments”中的 for 在这里用云引导原因状语从句，这句话翻译为是因为他知道了……他的命运写进了梅尔加德斯的羊皮纸手稿。现在又出现了一个新问题——梅尔加德斯的羊皮纸手稿是什么。

其实梅尔加德斯的羊皮纸手稿在本部小说的前面章节已经提到过，第一次的死亡消息来自他的吉普赛人同伴，他们说梅尔加德斯死了，他的尸体被扔在爪哇海的深处。但是后来何塞布恩蒂亚惊喜地发现他又回来了，并且梅尔加德斯最后死在了马贡多。文中写到“吉卜赛人打算留居镇上。他的确经历过死亡，但是忍受不了孤独，所以回到这儿来了。因为他忠于现实生活，失去了自己的神奇本领，被他的部族抛弃，他就决定在死神还没发现这个角落时找到一个宁静的栖身之所，把自己献给银版照相术。”

通过对小说一部分的解读，文学翻译教师在课堂上进行教学的时候，不能够在任意选取小说里面的一句话后直接给出翻译。因为对于文学，尤其是小说来说，它是有一个故事结构框架的，所以文学翻译教师要在不断忠于原文的基础上来进行翻译。

这当然也是管中窥豹，可见一斑。因为文学翻译老师要翻译的文学文本有很多，所以其必须要有深厚的文学基础，以及对文本文学内容有清楚的认识。

对于梅尔加德斯的羊皮纸手稿，如果教师没有通过全文通读进行了解的话，便很难如此准确地翻译出其意思。

在了解关于英译汉以后，我们下面来看一看汉译英，将汉语翻译成英文，笔者认为，这更加考验教师的能力。因为我们将其翻译成汉语前，就要对英语单词、词性等有一个更加深刻的认识，中文有高级替换，英文同样也会有。所以对于汉译英来说，这实则是在考查教师的英文能力。

第二节　文学翻译与大学英语教学学生培养

The idea that the midwife had returned for the child during the night gave him a pause of rest in which to think. He sank into the rocking chair, the same one in which Rebeca had sat during the early days of the house to give embroidery lessons, and in which Amaranta had played Chinese checkers with Colonel Gerineldo Márquez, and in which Amaranta Úrsula had sewn the tiny clothing for the child, and in that flash of lucidity he became aware that he was unable to bear in his soul the crushing weight of so much past. Wounded by the fatal lances of his own nostalgia and that of others, he admired the persistence of the spider webs on the dead rose bushes, the perseverance of the rye grass, the patience of the air in the radiant February dawn.

学生在翻译这句话的时候，首先切记不可以一口气翻译出来，而是要去进行细致的分析。

“The idea that the midwife had returned for the child during the night gave him a pause of rest in which to think.”中的 The idea 是主句之中的主语，gave 是动词，him 是间接宾语，a pause of rest 是直接宾语。“that the midwife had returned for the child during the night”是同位语从句，用来解释主语 The idea。这句话意思是：接生婆已经带着孩子返回家里的推测，给了他短暂的休息时刻。至此，还不能算结束翻译，因为后面还有 in which to think。这是一个状语从句，用于解释短暂的休息时刻。所以最终的翻译为接生婆已经带着孩子返回家里的推测，给了他集中思想所需要的短暂“休息时刻”。

He sank into the rocking chair, the same one in which Rebeca had sat during the early days of the house to give embroidery lessons, and in which Amaranta had played Chinese checkers with Colonel Gerineldo Márquez, and in which Amaranta Úrsula had sewn the tiny clothing for the child,

学生在面对长难句的时候，首先要提炼其中心句，所谓的中心句也就是主句。很明显本文的主句是："He sank into the rocking chair"。此句话可以直接翻译为：他坐在摇椅上面。

那么后面的是什么，我们接着去现了一个名称代词：the same one。the same one 是用来代替前文的椅子，那么其后面跟着的"in which Rebeca had sat during the early days of the house to give embroidery lessons, and in which Amaranta had played Chinese checkers with Colonel Gerineldo Márquez, and in which Amaranta Úrsula had sewn the tiny clothing for the child"便是宾语从句，并且这个宾语从句还是并列句，其译句为：在这把摇椅上面，蕾贝卡曾经在这里学习过刺绣课程，阿玛兰塔曾跟格林列尔多·马克斯上校下过棋，乌苏娜曾给婴儿缝过衣服。

接下来的一句话"and in that flash of lucidity he became aware that he was unable to bear in his soul the crushing weight of so much past"同样也是一个并列句，但是此并列句是和"He sank into the rocking chair"并列。in that flash of lucidity 翻译为在那一瞬间恍然大悟。

"he became aware that he was unable to bear in his soul the crushing weight of so much past"翻译为，他终于明白在他自己的心里，承受不了往日那么多的重量。这句话中我们需要注意的是 in that flash of lucidity，可以将其当作一个词组来对待。

Wounded by the fatal lances of his own nostalgia and that of others, he admired the persistence of the spider webs on the dead rose bushes, the perseverance of the rye grass, the patience of the air in the radiant February dawn.

这句话是最难翻译，也是最难以理解的，考查学生的英语单词基本功与文学艺术的翻译能力。

我们首先还是先去找本段话的主句。he 作为主语，admired 作为主语动词。admired 的词义有钦佩、崇拜；喜欢，仰慕；赞赏。the persistence of the spider webs 是宾语。on the dead rose bushes 作为地点状语，其修饰的是前面的宾语。

了解了主谓宾以后，我们便可以将主句翻译出来：他赞赏在死去的玫瑰花上面的蜘蛛网。这句话显然让人读起来感觉很别扭。因为，admire 这个词，虽然词典给出了赞赏的意思，但是其放在这句话之中显得奇怪。因为，这很明显是一个很萧瑟的环境，所以这里的 admire 可以翻译为诧异、吃惊或者惊讶。

最终译句为：他吃惊地望着放肆的蜘蛛网盘在枯死的玫瑰花从上。单词 on 在这里解释为盘，这更可以表现蜘蛛网的一种状态，而上字无法给人们艺术想象的空间。

"the perseverance of the rye grass, the patience of the air in the radiant February dawn" 这两句和上文的 the spider webs on the dead rose bushes 是并列句。所以他们的主语与动词都是一样的。

我们先来看：the perseverance of the rye grass。perseverance 是名词，其意思是坚持不懈地。rye 是形容词，词义为像黑麦一样的。那么 the rye grass 等于像黑麦一样的草。而其在加上 perseverance 后，翻译为"就是像黑麦一样的草的坚持"，这很明显是不正确的。

这说明作者在这里用了比喻的手法。首先这里比喻的是草，草的状态如果像黑麦一样，便是枯草；而翻译为枯草的坚持也是不正确的。坚持是用来形容人的，所以这里将枯草拟人，也就是说枯草依然坚持不懈地生长在这里，那么便是顽固。所以本句话的翻译便是：他看见了顽固的枯草。

"the patience of the air in the radiant February dawn." 这句话也是同样的道理。radiant 是形容词，词义为光芒四射的，绚丽的；喜悦的。所以这句话的意思是绚丽的二月清晨。但是这样翻译显然缺少了灵韵，因为绚丽的二月清晨只是字面意思，并不能带给人文本艺术享受。

最后我们再来看这句 "Wounded by the fatal lances of his own nostalgia and that of others"，这句话很显然做的是状语。

经过这样的分析，那么这段话的翻译应该是：

这个推测给了他集中思想所需的片刻喘息的机会，他在一把摇椅上躺下，在这把摇椅上，雷贝卡学过刺绣，阿玛兰塔曾跟格林列尔多·马克斯上校下过棋，阿玛兰塔·乌苏娜曾给婴儿缝过衣服：在他恍然大悟的刹那间，他终于明白自己的心再也承受不了往日那么多的重负。他自己的和别人的往事犹如致命的长矛刺痛了他的心。他诧异地望见放肆的蜘蛛网盘在枯死的玫瑰花丛上，望见到处都长满了顽固的莠草，望见二月里明朗的晨空一片宁静。

通过这样一篇文章的翻译，我们能够了解到，在进行英文文学作品翻译的时候要格外注意单词的即时翻译，下一步便是要将单词放进文本之中，再去进行通读，进而了解这个文本适不适合使用。因此，学生想要提高文学翻译的水平，就要着重去品味该词的放置位置是否合适，这至关重要。

学生在大学学习文学翻译的时候，也要格外注意这点。翻译是一个过程，译者通过不断推敲，找到合适的汉语意思与之对照，另外要注意直译与意译的区别。

直译是将文本直接进行对照翻译，文本的实用性程度较高，而意译则倾向于文学作品的翻译。因为我们要将翻译后的文本带入现在的文学作品之中，去品味文学作品的意蕴，如笔者在文中所列举的“the patience of the air in the radiant February dawn”。

如果直译下来，那么就是光彩绚丽的二月清晨的耐心。这很明显是要闹笑话的。很多同学经常会抱怨，明白每一个单词的意思，但是，放置在一起的单词却是很难理解的。

出现这个问题的原因是，第一，便是熟词生义掌握得不好。第二，便是没有将其带入到文本之中，去理解单词在句子之中的意义。这里强调的是单词在句子中的意义，而不是单词本身的意义，同学们要格外注意这点。

再回到“the patience of the air in the radiant February dawn”这句话，我们翻译为“二月绚丽多彩的清晨的耐心”是不行的，那么应该怎样翻译呢？

该句的翻译其实有一些散文化的特点，讲究的是一种意境，也就是说，主人公在这样心情低落的条件下突然感觉自己明悟了。那么他在看见事物后会是欣喜的吗？很有可能是。但是，在下文中他看见了他的孩子已经死了。

我们便可以明白，其实整段话带有一种悲剧的色彩。那么，即便作者用了 radiant 这个色彩鲜明的词，大概也是在描述明悟这样的一种短暂的快乐。但是，这种快乐没有喜剧色彩，而带有悲剧色彩。

所以这句“the patience of the air in the radiant February dawn”可以翻译为：望见二月里明朗的晨空一片宁静。对于这种将词语处理得凝练的程度，很显然大部分学生是做不到的，因为这表现的是一种文学艺术素养。

这其实也在告诉学生们，如果想要提高文学翻译水平，必须提升文学艺术素养。扎实的英语基础能力可以提升其文学翻译的能力。但是，文学艺术素养决定了学生的文学翻译能力的高低。

第七章　大学英语教学中的文学翻译实践

第一节 大学英语教学中的文学翻译教学安排

大学英语教育除了要有老师的认真授课，学生的认真听讲，还应该有关于合理化的教学安排。教学安排在大学文学翻译的课堂之中起到穿针引线的作用。

合理的教学安排能够让教师更好地完成讲学任务，让学生提高课堂学习的效率。因此，文学翻译的教学安排必须能够让老师、学生与课堂共同活起来，让文学翻译变得生动有趣。

上文讲述了教学模式的应用，并对国内外的教学模式进行了一定的分析。对于现在的文学翻译教学安排来说，笔者希望采用中、西结合的教学模式。

同样，文学翻译的教学要根据文学翻译学科的特性与教育的共性综合衡量，这样才可以优中选优，使教学任务与教学方向有一个合理的规划，帮助在校大学生加深对文学翻译的认识，为学生的文学翻译能力打下坚实的基础助力学生今后的文学翻译工作。

一、课前教学准备

老师在上课之前，应该根据本节课所要讲的内容提前做好教学纲领。教学纲领是文学翻译课的教学指向。老师依据教学纲领合理安排教学内容，把握教学核心思想任务。学生不能只带着课本前去听课，应该在上课之前明确自身在文学翻译领域需要学到哪些内容，根据自身的长处与短处以更加清楚地认识自己。

笔者认为，教师的课前准备是教学安排的关键，能起到引领的作用。对于课前教学准备，教师首要明确地把握课堂的教学内容，学生在课上要跟着老师的节奏来进行学习，这样就不会造成老师在课上讲，学生在课下做自己事情的尴尬局面。

对文学翻译本身来说，基本功是单词的记忆。因为，如果学生没有相关单词的知识储备，再好的课上教学活动也不能让学生的课上学习事半功倍。再加上文学翻译本身就是跨文化的文本交流，学生的单词量少就会导致其不能根据语境进行翻译，而只能采取生搬硬套的方式。

文学翻译是一门语言的艺术，文学翻译教学便是艺术的教学安排，教师应该让学生在这门课程之中收获知识，也要能够让学生感受到跨文化语言文本的艺术魅力、欣赏美词美句、感悟文化交流语言文本的深刻内涵。因此，笔者建议在课前教学安排，教师应该要做到以下几点。

（一）了解文学翻译

从学生选择文学翻译这门学科开始，教师就要让学生更好地了解文学翻译究竟是什么。在高考完，进行一门学科选择的时候，多种因素会影响学生的选择，但是大部分学生会根据自己的兴趣选择专业。

文学翻译并不是仅靠着兴趣就可以坚持下来、做出成绩的，更多的是靠着日复一日的坚持与刻苦的努力。兴趣固然是最好的老师，但是坚持却是让文学翻译学科人才辈出的关键。

因此，教师应该从一开始让学生树立起对文学翻译刻苦与坚持的思想，使学生明白，对于文学翻译，除了要有浓厚的兴趣以外，还要做到认真学习。这同样也是教育的共性。

根据文学翻译学科自身的特性，教师应该让学生提前大量阅读中英小说、观看英文经典电影。对于想要提高能力的同学，教师可以进行课前沟通，以此了解学生的想法，知道学生想要在今后的学习中希望教师提供怎样的帮助。

然后教师一定要强调，跨文化认知的重要性。

众所周知，一个人的认知与他自身的文化背景相关。所以，对于文学翻译来说，学生不应该用中文的认知来应对英文的学习。中文的语法、词汇等是有其科学性的，即中国的文字具有规范性，它有属于自己的一套文学秩序。

对于英文而言，英文也有自己的一套语句文化秩序。如果不做好提前了解，教师就直接进行教学，那么学生上课时所吸收到的知识转化为学生自己思想的效率是很低的。所以，教师要让学生在进行文学翻译之前了解中文与英文的差距，理解两种文化认知的不同，这样便可以帮助学生更好地在今后的教学课堂开展过程中，从广义的思想认知层面打下基础。

此外，文学翻译的特性还在于其自身的文学艺术性，学生想要真正地在文学翻译中出彩，除了扎实地打好基础与跨文化认知以外，更重要的是，要有关于文学的感悟。

文学翻译不像常规的翻译。对于常规翻译，学生只需要明白英语的含义，便可以将其转化为中文，或者按照中文的意思便可以逐字逐句地将其转化为英文，这只是一种简单的语言转化，而其更深刻的意义在于译者如何在翻译之后依然让读者感受到文学本身所带来的灵韵。

现代的机器翻译比比皆是，很多不是很懂英语的人都可以依靠机器翻译来完成一句话、一篇文章的翻译。机器翻译是程序化的语言，而文学翻译是诗性的语言。

诗性要求翻译者在对文化进行翻译之后，文本内容尽可能地还原在其原文本意义之上，再进一层，赋予翻译后文本以灵韵。这是翻译者对文字的推敲，也是翻译者深厚的文学功力与文学素养的表现。

（二）培养文学素养

教师在进行教学活动之前，就应该有侧重地培养学生的文学素养，让学生在进行文学翻译的实践中感悟语言的诗意。进而在进行翻译的时候，使学生可以进行逐字逐句的推敲，力求翻译文本不但体现出扎实的文学基础，还体现出一种文学灵韵。

这不是一朝一夕的工作，不是通过上一节课就可以让学生感悟到的，这是一种长久的坚持，也是对教师在课前的准备的考验，让学生能在文学翻译的艺术之海中畅游，教师这一“风帆”的作用就显得尤为重要。

在上课之前，教师除了要认真完成规定的教学任务，还应该在选择学科的知识时对该学科进行深入的了解。

就像笔者在上文之中所说的那样，选择文学翻译的学生一般都对文学翻译有学习兴趣，这个兴趣可以是浅显的，也可以是深厚的，不管兴趣程度的深浅，重点在于对文学翻译的坚持。

如果学生想要在文学翻译这条路上走得更远、更扎实，除了认真跟随教师的教学安排、教学节奏以外，还要对于自身的学习有严格的要求，做到自律、认真。

一个单词在不同的语境下可以有不同的意思，在知道单词的意思后，学生还要了解单词的用法，单词放在何处会使得句子翻译起来更加文从字顺。学生做完这些以后，要做的更深的一步是怎么样才能够使自己的翻译文本在无限接近原本文本意义的同时，又体现出较强的艺术性。

这是一项艰苦又有趣的事情。能够坚持不断地思考，不断地重复学习的同学必然会在之后的文学翻译工作中大放异彩。

学生还要广泛地阅读，以此增加自身的文学素养。学生不要只要求自己读完老师规定的书，还应该明白文学翻译这门学科需要扎实的文学功底。

在进行读书、看电影、欣赏前辈的文学翻译经典作品同时，学生还要让自己的思想灵活起来，并且要多联想，要想一想自己是否也可以翻译成类似的水平。如果自己的文学翻译达不到那样的水平，学生要分析一下原因，自己哪些地方有欠缺，哪些地方需要改正等。这些都需要学生在上课之前认真思考。

在上课之前，学生准备得越充足，那么在上课的时候就会根据难点、重点、弱点进行有针对性的学习。比如，在进行文学翻译的时候，学生对诗歌不擅长，那么在以后的上课时候，就可以有侧重地在这个方面下功夫，或者发现自己对于哪些语句翻译得不通顺，在不打扰其他同学的前提下，学生和老师可以进行有重点地讨论。这可以使学生的学习事半功倍，还能够弥补课下的自己学习的不足。进而学生在课下提前学习的时候，还能够再去回顾与复习之前的问题，以此形成课上与课下良好的双循环过程。

二、课上教学活动安排

对于文学翻译的课上讲学活动安排，笔者在下文将会进行分阶段化的层层梳理，以此更加合理地安排整个课堂的教学。

（一）设计思路

对于课堂上的文学翻译教学，教师要注重对学生的引导。对一些疑难词句进行赏析时，教师除了要依据教育部与学校共同规定的教材按部就班地讲解以外，还要利用课上时间来拓宽同学的文学翻译视野，进而让学生有更加开阔的学习视野，潜移默化地培养学生的文学翻译素养。

首先教师应该让学生基本了解本次课程中要求掌握的重点。之后，教师还应该为学生解读难词、难句的重点。也就是说，学生一开始就要明白在翻译哪些单词、句子时会遇到困难。教师要告诉学生单词的基本含义，为之后将其带入语境的翻译做充足的准备。

在现在短视频、电视、电影等快节奏的媒介的影响之下，学生在课堂之上有时候很难保持专注。因此，教师应该从一开始就要抓住学生的兴趣，告诉学生本节课的重点，也就是本节课要掌握些什么，而不要照本宣科。

在文学翻译的教学活动中，学生要围绕教学重点来学习，进行听、说、读、写的训练，进而在课堂上潜移默化地培养文学素养。

（二）教学目标

1. 学习目标

目标是提高学生的单词积累量，让学生了解句子格式与翻译文本的艺术性。

2. 能力目标

学生在课堂上由老师引导学习，欣赏经典文学翻译作品，品味其中的艺术灵韵。听美文，品美句，读经典段落。教师举出一个英文句子让学生自行翻译，然后评选出来范例，和同学们一起进行讨论，以此培养学生的文学艺术修养。

3. 认知目标

学生在进行课堂教学之后，要了解到本节课的重点和难点，对文学翻译之中自身薄弱的地方进行改进，从而更好地认识文学翻译的艺术魅力与文化认知之间的差异。

（三）教学重点

1. 了解课堂文本的内涵

重点单词与句子，在进行课堂翻译的时候，进行推敲，了解不同文本情景下，词语与句子应该如何表达，打好基础，为文学翻译提供充足的词汇量与英语语法水平。

2. 了解英语文学翻译文本的相关艺术性

在众多翻译文学作品中，英译文学作品占有不可比拟的重要地位。英语翻译文学作品不仅精确地传出了原著所要表达的思想感情和作者的写作风格，又兼顾了两种不同文化之间的区别，在翻译过程中对原著进行符合该国语言特点、读者阅读习惯和欣赏特点的艺术加工。对我国翻译教学而言，亦是如此。有些在国内原本名不见经传的著作，通过优秀译者的翻译，一下子 成为人们争相传阅的经典名著。由此，妥善处理好艺术性，是文学作品翻译教学实践成败的关键。

（四）教学内容及分析

文学翻译包含文学性与英语翻译等部分。学生需要通过课堂学习，从文本体裁出发，了解不同的翻译文本、所需要的翻译方法、翻译技巧以及对单词的理解等。并且教师还要结合当今文学翻译领域的高关注话题与同学们一起讨论，以此让学生了解现在文学翻译的高话题领域，让学生紧紧地跟随文学翻译的热点。

学生可以对今年的诺贝尔文学奖的作品、经典名著作品、电影作品等进行翻译，以此培养学生的文学翻译素养。

例如：燕子去了，有再来的时候；杨柳枯了，有再青的时候；桃花谢了，有再开的时候。

如果让同学们来翻译的话，学生应该怎样翻译，才能够达到“信、达、雅”的水平，这些都需要在课上的教学内容中体现出来。教师要为培养好的文学翻译家努力。

（五）教学过程

1. 翻译文本情景导入

因为文学翻译的大多数文本包含情节，如散文、诗歌等，教师可以根据课堂需要进行改编与创造。教师可以在课堂上安排学生进行五分钟对于本节课内容的表演，以此让同学们了解故事的背景，与故事的内容。

在文学翻译理论部分，教师也可以让学生扮演相关文学翻译理论家，以此让学生参与教学，让课堂活起来。教师还可以省去课堂点名的环节，提高学生的课堂积极性。

2. 单词、文化问答

这个环节是为了让学生对本节课的知识有一个刚好的回顾。教师利用课堂对本节课的内容进行预热，让学生提前了解本节课的文学翻译重点、难点。

3. 欣赏经典文学翻译名家作品

第一，了解文学翻译名家的风格、其所擅长的作品以及相关文本的创作背景。教师与学生可以一起搜集、整理相关文学知识，进而一起在课堂上感受文学翻译经典作品中的艺术魅力。

第二，对文学翻译经典翻译作品的好词、好句进行分析，品味这个词为什么会这样用，以及还可以怎么用；这个句子怎么翻译可以更好，为什么将这个词放进去。通过句子、单词的推敲，模拟文学翻译名家的翻译想法，进而帮助同学们去收获更多的文学翻译相关知识。

第二节　大学英语教学中的文学翻译散文作品

一、风中跌倒不为风（林清玄）

路过乡间一座三合院，看见一个孩子正在放声大哭，妈妈心疼地在旁边安慰。

译：Passing by a courtyard house in the countryside, I saw a child crying loudly. My mother comforted him.

妈妈一手慈爱地搂着孩子，一手用力地拍打地板，对孩子说：

译：The mother clung to the child lovingly with one hand and slapped the floor with the other. She said to the child:

“哎呀！都是这个土脚不平，害宝贝仔扑倒，妈妈替你拍土脚，哎呀！”

妈妈拍地的动作非常滑稽夸张，使那哭闹不停的孩子也忍不住破涕而笑了。

译：“Aiya! It’s all because of this earthen foot that caused the baby to fall down. Mommy will pat the earthen foot for you. Aiya!” The action of the mother patting the ground was so comical and exaggerated that the crying child could not help but break into tears and laugh.

我站在一旁看着这一幕，心里感到十分温馨，想到从前我的妈妈也曾如此安慰过我。不仅是我的妈妈，从前乡间的父母几乎都是这样安慰孩子。

译：I stood by and watched this scene, feeling very warm heart, think of my mother once so comforted me. Not only my mother, but also the parents in the country used to comfort their children in this way.

跑的时候被树枝绊倒了，就把树枝折断，说是："坏树枝！怎么可以绊倒我的好孩子。"走路不小心跌倒了，就打骂土地，说是："歹土地，怎么可以害我的乖孩子跌倒。"甚至完全没有原因跌倒，找不到什么东西可以责备，就骂风，说："都是风吹得让我的心肝仔跌倒。"

译：When he was running, he tripped over a branch and broke it off. He said, "Bad branch! How can you trip over my good boy?" He hit and scolded the land, saying, "How can you make my good boy fall down because of the bad land?" He even scolded the wind when he had no reason to fall down and couldn't find anything to blame, "It's the wind that makes my baby boy fall," he said.

我们小的时候都会信以为真，以为跌倒是因为风、土地或树枝的缘故，我们也会像父母亲一样，找借口安慰自己，却没意识到是自己走路不小心。

译：When we are young, we believe that we have fallen because of the wind, the earth, or the branches of a tree. Like our parents, we make excuses to comfort ourselves, but we don't realize that we are walking carelessly.

记得有一次，我在门口庭前跑步，不小心摔了一跤，头破血流。妈妈从灶间跑出来，左看右看，找不到可以打骂的东西，因为庭前的土地非常平，既没有树枝，也没有小石子。

译：I remember one time, I was running in front of the door, accidentally fell, head bleeding. My mother ran out of the kitchen and looked left and right. She couldn't find anything to beat or scold, because the ground in front of the court was very flat. There were no branches or pebbles.

妈妈怔了好长一段时间，我已经站起来了，她还怔在那里，手里拿着一支锅铲，样子有点滑稽。

译：My mother was stunned for a long time. I had already stood up.

She was still stunned, holding a spatula in her hand. She looked a little funny.

妈妈看我望着她，以为我要放声哭出来，突然大声地骂天："都是这么恶的风，吹得阿玄仔扑倒！"

译：Mother looked at me looking at her, thought I would burst into tears out, suddenly loudly scold the sky: "Are so evil wind, blowing A Xuan Boy down."

我抚着自己头上的伤口，对妈妈说："妈，不是因为风，是我自己不小心摔倒的。"

I stroked the wound on my head, said to my mother: "Mom, not because of the wind, is my own carelessly fell."

那时，庭前确实只有阳光，一丝风也无。

译：At that time, there was really only sunshine and no wind in front of the court.

妈妈这时笑得像阳光一样灿烂，过来检视我的伤口，欣慰地说："你大汉了！"

译：At this time, my mother smiled as bright as the Sun, came to examine my wounds, pleased to say: "You are a big man！"

妈妈的意思是我长大了，可以承担自己的错误与失败。当我们发现到，无论任何形式的跌倒，都是由于自己的不小心，而不是去找借口，这时我们就像我们在情感与姻缘上跌倒的时候，也像孩子时一样……即使地不平、荆棘横路、风狂雨暴，都不应该是我们跌倒的借口。最应该检视的是错误与失败。

译：My mother means that I grew up, can bear their own mistakes and failures. When we find that any kind of fall, is due to our own carelessness, not to make excuses, then we are just like when we fall emotionally and in love, just like when we were children... even the rough ground, the thorns, the storms, should not be an excuse for us to fall. The most important things to look at are errors and failures.

孩子的跌倒顶多是皮肉受伤，姻缘挫败也顶多是锥心刺骨，并不会伤到情感的本质。因此，一个人不应该在爱中受伤，就失去爱的勇气；一个人也不应该痛苦，就失去承担的心。要寻找到生命最内在的本质，是不能有任何借口的。当我们还有借口，本质就不会显露出来。

译：The child’s fall is at most a flesh injury, marriage frustration is at most piercing, and will not hurt the essence of emotion. Therefore, a person should not be hurt in love, lose the courage to love; a person should not be suffering, lose the heart to bear. There can be no excuse for finding the inner essence of life. When we have excuses, we don’t show our true nature.

我对自己过去情感的受伤，姻缘的挫败也没有任何借口，这都是我生命的必然之路。我也愿意承担任何的批评，并把这些批评当成石阶，走向更高的位置来回看自己的人生。

译：I have no excuse for the hurt of my past feelings and the frustration of my marriage, which is the inevitable course of my life. I am also willing to accept any criticism, and take these criticism as a stone staircase, to a higher position to look back and forth in their own life.

在风中跌倒，在爱中流泪，这都是人生不可避免的旅程。如果我们在每一段旅程，都能学习到更广大的胸怀，都能不失去真爱的勇气、美好的追求，一切挫折不也都有深刻的意义吗？我站着看那拍打土地安慰孩子的母亲图像，一面忆起往事，一面想到我们人生可能永无平静之日，但我们要使心安宁，只在当下的转念之间。

译：Fall in the wind, in love with tears, this is the inevitable journey of life . If we can learn a broader mind in every journey, can not lose the courage of true love, beautiful pursuit, all setbacks are not also have a profound significance. I stand looking at the image of the mother who beats the earth to comfort her child, remembering the past and thinking that our lives may never be peaceful, but we must make peace only in the moment.

二、非走不可的弯路（张爱玲）

在青春的路口，曾经有那么一条小路若隐若现，召唤着我。

母亲拦住我："那条路走不得。"

我不信。

"我就是从那条路走过来的，你还有什么不信？"

"既然你能从那条路走过来，我为什么不能？"

"我不想让你走弯路。"

"但是我喜欢，而且我不怕。"

母亲心疼地看了我好久，然后叹口气："好吧，你这个倔强的孩子，那条路很难走，一路小心！"

上路后，我发现母亲的确没有骗我，那的确是条弯路，我碰壁，摔跟头，有时碰得头破血流，但我不停地走，终于走过来了。

坐下来喘息的时候，我看见一个朋友，自然很年轻，正站在我当年的路口，我忍不住喊："那条路走不得。"

她不信。

"我母亲就是从那条路走过来的，我也是。"

"既然你们都可以从那条路走过来，我为什么不能？"

"我不想让你走同样的弯路。"

"但是我喜欢。"

我看了看她，看了看自己，然后笑了："一路小心。"

我很感激她，她让我发现自己不再年轻，已经开始扮演"过来人"的角色，同时患有"过来人"常患的"拦路癖"。

在人生的路上，有一条路每一个人非走不可，那就是年轻时候的弯路。不摔跟头，不碰壁，不碰个头破血流，怎能炼出钢筋铁骨，怎能长大呢？

译：Eileen Chang at the crossroads of youth, there was once a path that loomed out and called to me. Mother stopped me: "That road can not go." I do not believe. "I came that way. What don't you believe?" "If you can come that way, why can't I?" "I don't want you to go that way." "But I like it, and I'm not afraid." Mother looked at me sadly for a long time, then he sighed and said, "Well, you stubborn child, that road is very difficult to walk on. Be careful!" When I was on the road, I found that my mother did not lie to me. It was indeed a detour. I hit a wall and fell, sometimes I get my head broken and bleeding, but I keep walking, and finally I come over. As I sat down to catch my breath, I saw a friend, young of course, standing at the intersection of my old road. I couldn't help but shout, "That road is not going to work." She didn't believe me. "My mother came that way, and so did I." "If you can all come that way, why can't I?" "I don't want you to go the same way." "But I like it." I looked at her, I looked at myself and smiled. "Be careful." I was grateful to her for making me realize that I was no longer young and was already playing the role of someone who had been there before, they also suffer from road-blockers, a common affliction of people who have been there before. On the road of life, there is a road that everyone must take, that is, the detours of youth. Do not fall, do not hit the wall, do not hit a head broken blood flow, how can be tempered out of steel, how can grow up?

第三节　大学英语教学中的文学翻译小说作品

本节选取两篇小说，一篇英译汉，一篇汉译英，利用中英文之间对比的翻译，来感受文学翻译所带来的句式的不同，其深层次的背后是文化认知的不同，所以在对小说进行翻译的时候，要格外注意社会环境、文化习俗等关于文化的元语言层面所带来的不同，这样才有利于更好地进行翻译，因为作者的个人水平有限，所以尽量会按照原文的意思来去进行翻译，如果有不周之处，还请指正。

一、英译汉:《百年孤独》节选

Aureliano did not leave Melquíades' room for a long time. He learned by heart the fantastic legends of the crumbling books, the synthesis of the studies of Hermann the Cripple, the notes on the science of demonology, the keys to the philosopher's stone, the Centuries of Nostradamus and his research concerning the plague, so that he reached adolescence without knowing a thing about his own time but with the basic knowledge of a medieval man. Any time that Santa Sofía de la Piedad would go into his room she would find him absorbed in his reading. At dawn she would bring him a mug of coffee without sugar and at noon a plate of rice and slices of fried plantain, which were the only things eaten in the house since the death of Aureliano Segundo.

译：奥雷利亚诺很长时间没有离开梅尔加德斯的房间。他用心学习关于破旧书籍的奇幻传说，关于瘸子赫尔曼研究的综合，关于恶魔学的笔记，魔法石的钥匙，诺查丹玛斯的几个世纪以及他关于瘟疫的研究，所以他到了青春期，对自己的时代一无所知，只知道一个中世纪人的基本知识。每当圣索菲亚·德拉·皮埃达走进他的房间时，她都会发现他正在全神贯注地读书。黎明时分，她会给他端来一杯不加糖的咖啡，中午时分，她会端来一盘米饭和几片油炸芭蕉，自从奥雷利亚诺·塞贡多去世以来，这是家里唯一吃过的东西。

She saw that his hair was cut, picked off the nits, took in to his size the old clothing that she found in forgotten trunks, and when his mustache began to appear the brought him Colonel Aureliano Buendía's razor and the small gourd he had used as a shaving mug.

译：她看到他的头发被剪掉了，把虱子摘了下来，把她在遗忘的箱子里找到的旧衣服改成了他的尺寸，当他的胡子开始长出来的时候，他拿来了奥雷利亚诺·布恩迪亚上校的剃须刀和他用作剃须杯的小葫芦。

None of the latter's children had looked so much like him, not even Aureliano José, particularly in respect to the prominent cheekbones and the firm and rather pitiless line of the lips. As had happened to Úrsula with Aureliano Segundo when the latter was studying in the room, Santa Sofía de la Piedad thought that Aureliano was talking to himself.

译：后者的孩子没有一个长得像他，甚至奥雷利亚诺·乔斯也没有，特别是突出的颧骨和坚定而无情的嘴唇线条。就像刚才那样，当乌苏娜和奥雷利亚诺·塞贡多在房间里学习时，桑塔索菲亚·德拉·彼达认为奥雷利亚诺是在自言自语。

Actually, he was talking to Melquíades. One burning noon, a short time after the death of the twins, against the light of the window he saw the gloomy old man with his crow's-wing hat like the materialization of a memory that had been in his head since long before he was born. Aureliano had finished classifying the alphabet of the parchments, so that when Melquíades asked him if he had discovered the language in which they had been written he did not hesitate to answer.

译：事实上，他是在和梅尔加德斯说话。在那对双胞胎死后不久的一个燃烧的中午，透过窗户的灯光，他看到了那个戴着乌鸦翼帽的阴郁老人，就像是他出生前很久就在脑海里的一段记忆的化身。奥雷利亚诺已经完成了对羊皮纸字母表的分类，所以当梅尔加德斯问他是否知道书写羊皮纸的语言时，他毫不犹豫地回答。

Melquíades revealed to him that his opportunities to return to the room were limited. But he would go in peace to the meadows of the ultimate death because Aureliano would have time to learn Sanskrit during the years remaining until the parchments became one hundred years old, when they could be deciphered.

译：梅尔加德斯向他透露，他返回会议室的机会有限。但是，他会平静地走向终极死亡的草原，因为奥雷利亚诺会有时间学习梵语，在剩下的岁月里，直到这些羊皮纸满一百年前，那时它们可以被破译。

It was he who indicated to Aureliano that on the narrow street going down to the river, where dreams had been interpreted during the time of the banana company, a wise Catalonian had a bookstore where there was a

Sanskrit primer, which would be eaten by the moths within six years if he did not hurry to buy it.

译：正是他告诉奥雷利亚诺，在通往河边的那条狭窄的街道上，一个聪明的加泰罗尼亚人开设的一家书店里有一本梵文入门书，如果他不赶紧买的话，六年之内它就会被蛾子吃掉。

For the first time in her long life Santa Sofía de la Piedad let a feeling show through, and it was a feeling of wonderment when Aureliano asked her to bring him the book that could be found between Jerusalem Delivered and Milton's poems on the extreme right-hand side of the second shelf of the bookcases.

译：在她漫长的生命中，圣索菲亚・德拉・皮埃达第一次流露出一种感情，当奥雷利亚诺让她把那本书带给他时，那是一种奇妙的感觉，这本书可以在书架第二层最右边的耶路撒冷的解放和弥尔顿的诗之间找到。

Since she could not read, she memorized what he had said and got some money by selling one of the seventeen little gold fishes left in the workshop, the whereabouts of which, after being hidden the night the soldiers searched the house, was known only by her and Aureliano. Aureliano made progress in his studies of Sanskrit as Melquíades' visits became less and less frequent and he was more distant, fading away in the radiant light of noon.

译：由于她不识字，她记住了他说的话，并通过卖掉工作室里剩下的 17 条小金鱼中的一条赚了一些钱。士兵们搜查房子的那天晚上把金鱼藏起来后，只有她和奥雷利亚诺知道它们的下落。奥雷利亚诺在梵语研究方面取得了进展，因为梅尔加德斯的拜访越来越少，他也越来越疏远，在中午的阳光下渐渐消失。

Aureliano made progress in his studies of Sanskrit as Melquíades' visits became less and less frequent and he was more distant, fading away in the radiant light of noon. The last time that Aureliano sensed him he was only an invisible presence who murmured: "I died of fever on the sands of Singapore." The room then became vulnerable to dust, heat, termites, red ants, and moths, who would turn the wisdom of the parchments into sawdust.

译：奥雷利亚诺在梵语研究方面取得了进展，因为梅尔加德斯的拜访越来越少，他也越来越疏远，在中午的阳光下渐渐消失。奥雷利亚诺最后一次感觉到他的时候，他只是一个无形的存在，喃喃地说："我死于新加坡的沙滩上的热病。然后房间变得容易受到灰尘、高温、白蚁、红蚂蚁和飞蛾的攻击，它们会把羊皮纸的智慧变成锯末。"

二、汉译英：幸福的家庭（鲁迅）

在进行英译汉写作之后，我们再来看看关于汉译英，将汉语翻译成为英文。笔者认为，这更加考验老师的能力。因为将其翻译为汉语，老师需要对英语单词、词性等有一个更加深刻的认识，中文可以有高级替换，英文同样也会有。所以对汉译英来说，实则是在考查教师水平的英文能力。

"……做不做全由自己的便；那作品，像太阳的光一样，从无量的光源中涌出来，不像石火，用铁和石敲出来，这才是真艺术。那作者，也才是真的艺术家。——而我，……这算是什么？……"他想到这里，忽然从床上跳起来了。以先他早已想过，须得捞几文稿费维持生活了；投稿的地方，先定为幸福月报社，因为润笔似乎比较的丰。但作品就须有范围，否则，恐怕要不收的。

译："... to do or not to do, that work, like the Sun's light, from an infinite source of light, unlike stone fire, with iron and stone knock out, this is the real art. That the author is also a real artist . And I... What is this?" He thought to himself, suddenly jumped up from the bed. He already thought, must get a few articles to maintain the cost of living, contribute to the place, the first set for the *Happy Monthly Newspaper*, because the fountain pen seems to be more abundant. But the work must have scope, otherwise, I'm afraid not to accept.

范围就范围……现在的青年的脑里的大问题是？……大概很不少，或者有许多是恋爱、婚姻、家庭之类罢。……是的，他们确有许多人烦闷着，正在讨论这些事。那么，就来做家庭。然而怎么做做呢？……否则，恐怕要不收的，何必说些背时的话，然而……。他跳下卧床之后，四五步就走到书桌面前，坐下去，抽出一张绿格纸，毫不迟疑，但又自暴自弃似的写下一行题目道：《幸福的家庭》。

译：The range is... ? The big question in the minds of today's youth is... ? Probably a lot, or a lot of love, marriage, family and so on ... Yes, they do have a lot of upset people talking about these things. So, come to be a family. But how... Otherwise, I am afraid not to accept, why say something back when, however... After jumping out of bed, he took four or five steps to his desk, sat down, pulled out a piece of green paper, and without hesitation, wrote down a line with the title: *Happy Family*.

他的笔立刻停滞了；他仰了头，两眼瞪着房顶，正在安排那安置这"幸福的家庭"的地方。他想："北京？不行，死气沉沉，连空气也是死的。假如在这家庭的周围筑一道高墙，难道空气也就隔断了么？简直不行！江苏浙江天天防要开仗；福建更无须说。四川，广东？都正在打。山东河南之类？阿阿，要绑票的，倘使绑去一个，那就成为不幸的家庭了。上海天津的租界上房租贵；……假如在外国，笑话。云南贵州不知道怎样，但交通也太不便……。"他想来想去，想不出好地方，便要假定为 A 了，但又想，"现有不少的人是反对用西洋字母来代人地名的，说是要减少读者的兴味。"

译：His pen stopped at once. He looked up, his eyes fixed on the roof, and was arranging the place for the "Happy Family" . He thought, "Beijing? No, it's dead. Even the air is dead. If a high wall were built around the family, would the air be cut off? I can't! Jiangsu and Zhejiang need to go to war every day, not to mention Fujian. Sichuan, Guangdong? Both are fighting. Shandong, Henan, something like that? Ah, to kidnap, if you kidnap one, it will become an unfortunate family. The rent is expensive in Shanghai and Tianjin. ... If in a foreign country, joke. Yunnan

Guizhou do not know how, but the traffic is too inconvenient.... " He thought about it, can not think of a good place, it will be assumed to be A, but also think: "There are many people are opposed to the use of western letters to place names, said to reduce the reader's interest."

我这回的投稿，似乎也不如不用，安全些。那么，在那里好呢？——湖南也打仗；大连仍然房租贵；察哈尔，吉林，黑龙江罢，——听说有马贼，也不行！……”他又想来想去，又想不出好地方，于是终于决心，假定这“幸福的家庭”所在的地方叫做A。

译：It seems that my submission this time is not as safe as not using it. Well, where's good? There are wars in Hunan, rents are still high in Dalian, Chahar, Jilin, Heilongjiang-i heard there are horse thieves, but I can't... " he thought and thought, but could not think of a good place, so he decided, finally, to assume that the "Happy Family" was located in a place called A.

“总之，这幸福的家庭一定须在A，无可磋商。家庭中自然是两夫妇，就是主人和主妇，自由结婚的。他们订有四十多条条约，非常详细，所以非常平等，十分自由。而且受过高等教育，优美高尚……。东洋留学生已经不通行，——那么，假定为西洋留学生罢。主人始终穿洋服，硬领始终雪白；主妇是前头的头发始终烫得蓬蓬松松像一个麻雀窠，牙齿是始终雪白的露着，但衣服却是中国装，……”“不行不行，那不行！二十五斤！”他听得窗外一个男人的声音，不由得回过头去看，窗幔垂着，日光照着，明得炫目，他的眼睛昏花了；接着是小木片撒在地上的声响。

译：“In short, the happy family must be in A, non-negotiable. In the family is naturally two husband and wife, is the host and the housewife, the freedom marries. They have more than forty treaties, very detailed, so very equal, very free. And highly educated, beautiful and noble... students from Orient are no longer allowed, so, let's say, foreign students from Western countries. The host always wear foreign clothes, hard collar always white; housewife is the front of the hair always permed fluffy like a sparrow nest, teeth are always white exposed, but the clothes are Chinese clothes .... ” “No, no, no, no ! Twenty-five catties!” He heard a man’s voice outside the window, and could not help looking back, the curtain drooping, the sunlight dazzling, his eyes faint, and then the sound of small wood splashes on the ground.

“不相干,” 他又回过头来想，“什么‘二十五斤’？——他们是优美高尚，很爱文艺的。但因为都从小生长在幸福里，所以不爱俄国的小说……。俄国小说多描写下等人，实在和这样的家庭也不合。‘二十五斤’？不管他。——那么，他们看看什么书呢？——裴伦的诗？吉支的？不行，都不稳当。”

译：“Irrelevant,” he thought over his shoulder, “What ‘twenty-five catties’ ? They are graceful and noble, and love literature and art very much. But because they grew up in happiness, so do not love Russian novels... Russian novels are full of lowlifes, and they don’t really fit in with such a family. ‘twenty-five catties’ ? Leave him. Well, what are they reading Pellon’s poem? Gigi’s ? No, it’s all shaky .”

参考文献

[1] 王丽丽．文学翻译中的中西文化差异与困境 [J]. 文学教育 (上)，2022(8)：184–186.
[2] 张文龙．跨文化视角下的高校文学翻译教学探索：评《文学翻译多维研究》[J]. 中国高校科技，2022(7)：108.
[3] 刘知洪．文学翻译教学中的汉语文化语境顺应 [J]. 英语教师，2022，22(10)：170–172.
[4] 刘莹，许加文．浅析翻译美学视域下的文学翻译 [J]. 今古文创，2022(16)：114–116.
[5] 孟慧敏．英语文学作品翻译中的美学价值 [J]. 湖北文理学院学报，2022，43(4)：67–71.
[6] 田玉娟．英语文学翻译中艺术语言的处理原则 [J]. 散文百家 (理论)，2022(3)：139–141.
[7] 卿莫愁．文学翻译的忠实性原则：以张培基英译散文《渐》为例 [J]. 名作欣赏，2022(3)：169–171.
[8] 刘梦杰，任东升．中国传统译论现代转换的有益尝试：评《文学翻译的境界：译意 · 译味 · 译境》[J]. 燕山大学学报 (哲学社会科学版)，2022，23(1)：35–40.
[9] 韩晓梅．英语文学翻译美学价值与艺术特性的基本内涵 [J]. 今古文创，2022(3)：123–125.
[10] 陶瑞萱．近代翻译家萧乾文学翻译思想述评 [J]. 郑州铁路职业技术学院学报，2021，33(4)：58–61.
[11] 梅曦天．Workshop 模式下文学翻译教学应用 [J]. 现代交际，2020(14)：158–159.
[12] 关海鸥，胡玲．模因与互文：文学翻译教学视野解蔽 [J]. 高教学刊，2019(8)：102–104.
[13] 陈雪松．英语文学翻译教学的实践分析 [J]. 课程教育研究，2018(25)：125.
[14] 徐菊清．翻译教学与研究论述：陈德鸿教授专访录 [J]. 翻译界，

2017(2)：128–142，163–164.
[15] 王琛琛．英美文学和翻译教学的学术研究：以《英美文学与翻译研究》为例 [J]. 海外英语（上），2017(2)：44–45.
[16] 卢华．从文学翻译素养培养的角度研究大学英语翻译教学改革及对策 [J]. 新课程 (下)，2016(6)：41.
[17] 刘翠娟．认知心理学视角下的文学翻译及对翻译教学的启示 [J]. 长春教育学院学报，2013，29(24)：92–93.
[18] 耿维峰．认知心理学视角下探文学翻译及对翻译教学的启示 [J]. 时代文学 (下半月)，2012(11)：158–159.
[19] 王慧姑，隋丹妮．微观互文性在文学翻译教学中的应用 [J]. 辽宁行政学院学报，2012，14(4)：129–130.
[20] 孙利苹．非文学文体翻译及高校英语专业翻译教学的转向 [D]. 济南：山东师范大学，2010.
[21] 朱坤玲，石红霞．翻译教学中文化意识的培养 [J]. 江西金融职工大学学报，2009，22(S1)：191–192.
[22] 孙志祥．论翻译教学中的和谐理念导入 [J]. 教育与职业，2007(33)：104–105.
[23] 王全瑞，周玉忠．翻译教学思想和方法改革探讨 [J]. 内蒙古师范大学学报 (教育科学版)，2004(3)：83–86.
[24] 张莛敏．翻译教学中实用翻译对策浅议 [J]. 昆明理工大学学报 (社会科学版)，2003(4)：97–100.